Red Chronicle

레드 크로니클

FUSION FANTASTIC STORY

김현우 퓨전 판타지 소설

레드 크로니클 9권

김현우 퓨전 판타지 소설

초판 1쇄 찍은 날 § 2014년 6월 18일
초판 1쇄 펴낸 날 § 2014년 6월 27일

지은이 § 김현우
펴낸이 § 서경석

편집부장 § 권태완
편집책임 § 정수경

펴낸곳 § 도서출판 청어람
등록번호 § 제387-1999-000006호
등록일자 § 1999. 5. 31
어람번호 § 제1-1869호

주소 § 경기도 부천시 원미구 심곡2동 163-2 서경B/D 3F (우) 420-822
전화 § 032-656-4452 팩스 § 032-656-4453
http://www.chungeoram.com
E-mail § chungeorambook@daum.net

ⓒ 김현우, 2013

ISBN 979-11-316-9066-6 04810
ISBN 978-89-251-3523-6 (세트)

레드 크로니클

Red Chronicle

김현우 퓨전 판타지 소설

FUSION FANTASTIC STORY

9

도서출판 청어람

CONTENTS

제1장
변화

혜인조 지방을 떠난 로즈가 황도로 들어선 것은 출발한 지 보름여가 지나서였다.

저택에 도착한 그녀는 자신을 묵묵히 바라보는 카본 대공에게 고개를 숙이며 인사했다.

"…다녀왔습니다."

"고생이 많았다."

"아니에요. 모든 게 제 잘못이었는데요."

"네게 무거운 부탁을 했던 내 잘못이다. 그러니 자책하지 마라."

"아버지……."

말끝을 흐리는 로즈의 목소리에서 물기가 느껴졌다. 카본 대공은 자신의 딸을 헤인조 지방까지 보낸 것에 깊은 자책감을 느꼈다. 눈살을 찌푸린 그는 잠시 숨을 고르다가 로즈에게 물었다.

"그 녀석은 어땠지?"

"무심했어요. 어떻게든 마음에 들고 싶었지만, 너무 어렵다는 것을 느끼게 되었어요."

"그렇군."

"괜찮아요. 인생 경험을 제대로 했다는 것을 알게 되었으니까요."

"인생 경험이라."

로즈가 그렇게 말할 수 없음을 잘 알고 있는 카본 대공이었다. 그녀를 그곳으로 몰아넣은 스스로에게 실망했고, 이런 형태로 만들어 버린 티엘에게 분노를 느꼈다.

"이 애비가 그를 어떻게 해주길 원하느냐."

"아무것도 하지 않길 원해요."

"그게 진심이더냐?"

"우선은 쉬고 싶으니까요. 씻을 수 없는 상처를 안겨줬지만… 로운 후작님 입장에서는 당연할 수 있다고 생각하고 있어요."

"미안하다. 이 애비가 무능력한 모습을 네게 보여주었구나."

"괜찮아요."

"괜찮지 않다. 괜찮다면 지금 네 표정이 왜 그러느냐?"

"제… 표정이요?"

"아니다, 내가 실언을 했구나."

괜찮다면 세상의 모든 것을 잃은 것처럼 실의에 빠져 있을 리 없었다. 로즈의 아픔, 그리고 자신의 무능력함이 지금의 상황을 만들었다는 사실이 카본 대공의 마음을 아프게 만들었다. 그리고 그것은 티엘을 향한 분노로 이어졌다.

"고생이 심했으니 쉬도록 해라."

"네."

자리에서 일어선 로즈는 고개를 숙여 보인 뒤 방을 나섰다. 주먹을 움켜쥔 카본 대공은 가슴속을 지배해 나가는 분노를 느끼며 표정이 싸늘하게 얼어붙었다.

"로운 후작……."

딸의 힘겨운 모습을 본 카본 대공은 그 자리 그대로 있을 수 없었다.

하나뿐인 딸.

그것도 사랑하는 여인의 목숨과 바꿔서 얻은, 눈에 넣어도 안 아플 딸이었다.

그런 그녀에게 모진 수모를 주었을 것을 생각하니 가슴속에 들끓고 있는 분노를 도통 지울 수 없었다.

감정이 격해질수록 카본 대공의 표정은 차가워져 갔다.

거침없는 발걸음으로 향한 곳은 하브리스 공작의 저택이었다.

깊은 밤의 방문이었기에 하브리스 공작은 깜짝 놀라며 카본 대공을 맞이했다.

"갑자기 무슨 일인가?"

"하고 싶은 말이 있어서 찾아왔지."

"하고 싶은 말이라고?"

"결심을 굳혔지만 너한테 가장 먼저 해야 할 것 같으니 말이지."

"결심이라고?"

무슨 결심이기에 이 한밤중에 찾아온단 말인가.

하브리스 공작은 카본 대공의 입에서 무슨 말이 흘러나올지 몰라 바짝 긴장했다.

"정령과 계약할 생각이다."

"그게 무슨 말인가! 지금 그걸 생각이라고 한단 말인가!"

경악한 하브리스 공작이 자리에서 일어나 카본 대공을 향해 일갈했다.

하지만 카본 대공의 결심은 확고했다.

"이미 내 생각에는 변함이 없다. 네게 알려주려고 찾아온 것이지, 설득을 당하려고 온 건 아니다."

"흐음, 일단 이야기를 듣도록 하지."

하브리스 공작은 어떻게든 카본 대공의 생각을 바꾸고 싶었다. 정령과 계약한다는 것은 굉장히 위험한 발언이고 자칫 카본 대공의 정체성마저 뒤흔들 수 있는 일이었다.

"힘이 부족한 것을 느꼈다. 로운 후작도 그렇고 클레디오 백작도 제압하지 못하는 내 스스로가 제국의 숨겨진 검이라고 자부하는 것이 우습게 느껴졌다."

"그건, 으음."

두 천재 검사의 등장에 상대적인 박탈감을 느낀 것은 카본 대공뿐만이 아니었다. 하브리스 공작도 비슷한 감정을 느꼈기에 침음만 흘릴 뿐, 이해하라고 하거나 체념하라는 말을 꺼낼 수 없었다.

"더 큰 힘이 필요하다. 제국을 내 손으로 지키고, 내 소중한 것을 지키기 위한 힘이."

"더 큰 힘에 대한 대가가 필요하다는 걸 알겠지?"

"물론이다. 제국에도 나 같은 녀석이 하나쯤은 필요하다는 걸 너도 잘 알고 있을 거다."

"너 같은 녀석이라……."

하브리스 공작은 뒷말을 잇지 못하고 침묵을 지켰다.

절대 강자인 카본 대공의 존재는 현 상황에서 반드시 필요했다.

그런 그가 더 큰 힘을 얻기 위해 목숨을 건 도박을 한다는 것이 못내 마음에 걸렸다.

"복잡하게 생각할 것 없다. 제국의 숨은 검으로써 본래 임무를 수행하려고 하는 것뿐이니까. 폐하께서는 네가 잘 말해 줬으면 좋겠군."

"알겠다, 실행은 언제쯤 하려고 하지?"

"충분한 준비를 해둬야 하니 일주일 정도가 걸릴 것이다."

"일주일이라, 필요한 게 있으면 얼마든지 말해라."

"말하지 않아도 그러려고 했다."

믿음직한 친구의 모습에 카본 대공은 입꼬리를 말아 올렸다.

카본 대공과 만남 이후 집으로 돌아온 로즈는 몸을 씻은 뒤 방으로 돌아왔다.

"가슴이 아파."

눈이 미치지 않는 곳에 오면 괜찮아질 거라고 생각했다.

하지만 생각이 이어지면 이어질수록 돌아오는 것은 지독한 고통이었다.

일방적인 사랑이라는 감정이 이토록 고통스러운 것인지

몰랐다.

그래서 유혹에 넘어간 것인지도 모른다.

"있지?"

나직한 중얼거림이 방 안을 울렸지만 어떠한 답변도 돌아오지 않았다.

스윽.

몸을 일으킨 로즈가 팔에 걸린 팔찌로 향했다. 처음에는 은은한 연두색이었던 것이 검은색으로 바뀌어 있었다.

"있는 것 알아."

[후훗! 오랜만이네요. 이제 절 불러주실 마음이 생기신 건가요? 기뻐요.]

달콤한 목소리가 머릿속으로 울려 퍼졌다. 듣는 것만으로 정신이 혼미해질 것 같은 그 웃음소리는 로즈의 마음을 부드럽게 어루만졌다.

"넌 누구야?"

[저는 당신 같은 사랑의 열병에 빠진 사람들의 편, 인간이자 신이 된 여인이랍니다.]

"인간? 신? 하아! 대체 무슨 말이야?"

[아아, 이렇게 설명하면 역시 알아차리기 어렵나요? 간단하게 설명하자면 저는 예전에 인간이었답니다. 평범하지 않은 가련한 운명을 타고난 그런 여인.]

"……."

무슨 말을 하고 있는 것인지 쉬이 이해하기 힘들었다.

한 가지 분명한 것은 자신에게 말을 거는 여인이 제정신이 아니라는 점이었다.

무엇을 말하고 싶고 무엇을 행동한단 말인가.

입을 다문 로즈의 머릿속에 짙은 안개가 드리우기 시작했다.

[물론 믿기 어려울 거라 생각해요. 하지만 제가 당신에게 해드릴 수 있는 것을 감안하면 이야기는 달라질 거라고 생각한답니다. 어떤가요? 저의 제안을 받아들일 생각이 있으신가요?]

"난 무엇을 말하고 있는지 모르겠고 내가 무엇을 해야 하는지도 모르겠어."

[후훗! 그럴지도요. 하지만 당신의 마음을 위로해 줄 수 있는 존재는 오로지 저뿐이랍니다.]

달콤하게 속삭이는 그녀의 목소리에 로즈는 입을 다물었다. 생각이 꼬여서 머릿속을 복잡하게 헝클어뜨리고 있었다.

"내게 뭘 줄 수 있는데?"

[당신이 원하는 것. 그를 갖고 싶지 않나요? 그를 갖고 싶지만 주변의 사람들 때문에 단념하지 않았나요? 저라면 그를 갖게 해드릴 수 있어요. 자, 제게 말씀하세요. 당신을 그의 품에

안길 수 있도록 도와드릴게요.]

"당신, 당신의 정체를 알고 싶어."

[인간 시절 제 별명은 블러디 로즈, 모든 여인의 한을 풀어 주는 존재랍니다.]

"블러디 로즈……."

로즈의 두 눈이 부릅떠졌다.

뇌리에 울린 말은 결코 가볍지 않았던 것이다.

블러디 로즈!

그것은 모든 여인의 우상과도 존재였다.

여인의 몸으로 그랜드 마스터, 지금의 절대강자 반열에 올라선 블러디 로즈는 미모 하나만으로 나라를 뒤흔들었으며, 압도적인 무위로 모든 남자를 무릎 꿇렸다.

이후, 역사에 나타난 블러디 로즈의 무학을 물려받은 여인 들은 하나같이 여인 중 최강으로 군림했고, 대륙에 커다란 족 적을 남겼다.

위대한 유산이 끝없이 전해지면서 블러디 로즈는 더 이상 인간이 아닌 신성을 지니게 되었고, 신의 반열에 올라선 유일 한 인간이 되었다.

"블러디 로즈라니……."

가늠할 수 없는 존재라는 것을 알고 있었지만 구전으로 내 려오던 블러디 로즈일 줄은 꿈에도 몰랐다.

[믿기 힘든가요? 후훗! 그럴 수 있다고 생각해요.]

"블러디 로즈가 왜 나를 도우려고 하는지 이해할 수 없어요."

그것이 로즈의 솔직한 마음.

의심과 궁금함이 그녀의 마음속에 교차로 퍼져 나가고 있었다.

[간단하답니다.]

그녀의 설명은 간단명료했다.

블러디 로즈는 타고난 미모로 비극적인 운명을 겪은 여인.

그 운명을 극복하기 위해 힘을 얻었고, 자신을 넘본 모든 남자에게 벌을 내렸다.

앞에 붙는 블러디(Bloody)라는 칭호답게 그녀가 가는 길에는 항상 피가 흘렀다. 그만큼 훗날 그녀의 진전을 이은 여인들의 운명도 가볍지 않았다.

[당신은 제가 지닌 인과의 굴레를 짊어질 수 있는 여인이랍니다. 블러디 로즈의 진전을 이어받을 수 있는 운명을 타고난 여인이지요. 참 대단하지요? 그렇게 생각하지 않나요?]

"나, 난 모르겠어요."

[후훗! 지금 당장 결정을 내리지 않아도 괜찮답니다. 저는 어디까지나 여인을 위한 존재. 당신의 마음이 정해지면 그때 결정을 내려도 괜찮지요. 다만, 조금이라도 빠른 결정이 당신

에게 더 아름다운 미모를, 더 강한 힘을 드릴 수 있다는 걸 알아주세요.]

"더 아름다운 미모, 더 강한 힘……."

여인에게 있어 너무나 매력적인 단어였다.

특히나 사랑을 쟁취하지 못한 로즈에게 있어 그것은 더욱 그러했다.

[갖고 싶지요? 원하지요? 그럼 결정을 내려주세요.]

온갖 생각이 머릿속을 맴돌았다.

자신이 좀 더 아름다웠다면 그를 뒤돌아보게 만들 수 있었을까.

자신이 좀 더 강했다면 그의 관심을 끌 수 있었을까.

생각이 생각에 꼬리를 물고, 끝없이 이어지던 고민은 의문을 수긍으로, 그리고 확신으로 만들어주었다.

"…갖고 싶어요."

[현명한 판단이랍니다, 후훗!]

요염한 여인의 목소리가 로즈의 머릿속을 가득 채우고 있었다.

크레티아의 출산 이후, 로운 후작가는 한동안 들뜬 분위기에 휩싸였다.

특히 그녀가 아들을 낳았다는 사실을 많은 이가 주목하

였다.

현재 로운 후작의 부인은 세 명.

저마다 제국사대미녀의 자리를 꿰차고 있는 그녀들은 미모뿐만 아니라 가문이나 개인적인 능력이 받쳐주는 재녀다.

변방에 불과하던 헤인조 지방이 핵심 지역으로 떠오르면서 로운 후작이 절대강자의 반열에 올라서자, 어느 여인이 그의 후계자를 낳을지 주목했다.

그리고 첫 대상이 바로 크레티아.

그녀가 아들을 낳은 것이다.

이러한 사실은 티엘이 젊은 나이임에도 후계 구도에 큰 영향을 발휘하였다.

"좀처럼 적응이 되지 않는군."

이와 별개로 티엘은 아버지가 됨에 따라 바쁜 나날을 보내고 있었다.

전생에서도 독신으로 살았었고 아이를 갖은 적도 없었다. 당연히 처음 본 아들에 대한 소감은 얼떨떨하다 못해 낯설었다.

자신에게 낯설음이라니.

이미 검의 끝을 바라보면서 지고한 경지에 도달한 자신이 그런 감정을 느낀다는 사실이 티엘로 하여금 피식 웃게 만들었다.

"그건 그렇고……."

가능하면 가문의 일에서 물러나 조용히 지내려고 하는 티엘이었다.

하지만 가문이 돌아가는 지금 상황을 지켜보면 그것이 쉽지 않다는 것을 느끼고 있었다.

아직 자신이 젊은데 후계 구도에 웬 말이 그렇게 많은 것인지.

산후 조리를 하는 크레티아를 돌보고, 하루에 한 번씩 아이를 보며, 검을 수련하는 티엘에게 있어 가문 내부의 잡음은 불쾌감을 유발했다.

이번 달에 열리는 회의에 참석하여 한마디 해줄 것을 결심한 티엘은 미리 약속해 두었던 마리아와의 만남을 위해 그녀의 방으로 향했다.

"어머니."

"어서 오렴."

"예, 요즘 괜찮으신지?"

"물론이란다. 그런데 갑자기 무슨 일이니? 식사를 하자고 그러고."

"어머니께 물어볼 것이 있어서 찾아오게 되었습니다."

"내게? 얼마든지 물어보렴."

무뚝뚝하고 말도 거의 없는 티엘이 궁금한 것이 있다고 하니 마리아의 두 눈이 호기심으로 반짝였다.

"다른 게 아니라 로웰린과 카롤리나의 문제입니다."

"둘? 둘이 무슨 문제라도 일으켰니?"

"아닙니다. 그런 게 아니라 크레티아가 아이를 낳으면서 모든 관심이 그녀에게로 향한 것 같아 그렇습니다."

"아아."

티엘이 무엇을 말하고자 하는지 알아차린 마리아가 고개를 크게 끄덕였다.

"그 부분은 전혀 알아차리지 않을 거라고 생각했는데."

"부인을 여럿 두다 보니 생각할 부분이라고 여겼을 뿐입니다."

"그렇구나."

"솔직히 어떻게 해야 할지 복잡합니다. 조언을 해주시면 감사하겠습니다."

"으음, 어떻게 해야 할까. 이 부분은 굉장히 예민한 문제라서."

크레티아가 임신하고 로웰린이 한동안 우울한 모습을 보인 적이 있다. 카롤리나 또한 드러내지 않았지만 내면의 어둠을 티엘은 놓치지 않았다.

그것이 여인들 간의 미묘한 자존심 문제이고, 원인이 자신에게 있다는 것을 알아차린 티엘은 가문을 위해, 그녀들을 위해 해결해야 한다고 생각했다.

한 차례 식사 자리를 가지면서 풀어주었지만 크레티아가 아들을 낳음으로써 갖게 된 상실감은 위로를 필요로 할 것이다.

"사실 그 부분은 뚜렷한 대책이 없단다."

"그렇습니까."

"하지만 자각하고 있는 사실이 중요하다고 생각한단다."

"알고 있다는 것만으로?"

"그러니 해결하기 위해 지금 움직이고 있는 거잖니."

"……."

간단하면서 복잡한 말이었다.

마리아의 말에 담긴 의미를 파악하기 위해 티엘은 생각에 잠겼다.

그 모습을 바라보던 그녀는 차를 한 모금 마시며 미소를 지었다.

"복잡하게 생각할 것 없단다. 진심이 느껴진다면 두 아가 모두 만족할 테니. 진심을 보여주기만 하면 돼."

"진심, 알겠습니다. 조언해 주서서 감사합니다."

"감사하긴, 가문을 위한 일인데."

무뚝뚝하기만 하던 아들이 자신에게 조언을 청하러 온다는 사실이 마리아로 하여금 기쁘게 만들었다.

미소 짓는 그녀의 모습에 티엘은 마음이 편안해지는 것을 느꼈다.

로웰린은 저녁 식사를 함께하자는 티엘의 제안에 생각할 것 없이 수락했다.

"가문에서 지내는 건 심심하지 않고?"

"심심하긴요, 해야 할 일이 많아서 바쁘게 지내고 있어요."

"그렇다면 다행이고."

아무렇지 않은 듯 미소를 짓고 있는 로웰린이었지만 그 속에 담겨 있는 복잡함이 느껴졌다.

이전에는 알 수 없는 것이지만 관심을 갖게 되니 그녀의 감정이 한눈에 보였다.

둘은 사소한 이야기를 주고받으면서 저녁을 먹었다. 식사를 마친 뒤 티타임을 즐길 무렵, 티엘이 로웰린을 향해 입을 열었다.

"괜찮다고 해도 주변이 괜찮지 않다는 것을 알고 있다."

"……."

찻잔을 입으로 가져가던 로웰린의 몸이 뻣뻣하게 굳었다. 그의 목소리가 천둥처럼 울려 퍼져 전신을 송두리째 마비시켰다.

"이 부분은 생각한 적이 없다. 나는 아직 젊고, 후계를 논하기에는 시기상조라고 생각했으니까."

"네……."

"그 부분에 대해서 내가 괜찮다고 말을 해도 괜찮을 수 없다는 걸 알았다. 내가 가만히 있어도 주변이 가만두지 않을 테니까. 이 전란기에 언제 죽을지도 모르는 일이고. 내 말이 틀린가?"

"그건! 틀려요."

깜짝 놀란 로웰린이 반박했지만 돌아가는 상황이 그렇지 않다고 말을 할 수는 없었다.

"그들 입장에서는 별수 없겠지. 권력의 향방이 달린 일이 니까. 안 그런가?"

"…네."

"그 부분에 대해서 위로를 한 적이 있지만 말뿐이라는 걸 알게 되었다. 내가 어떤 형태로 말을 하던 불안감은 가시지 않겠지."

"그렇지 않아요. 저는 그저……."

뭐라 말을 하고 싶었지만 말끝을 흐린 로웰린의 안색은 흐렸다.

티엘의 말에 그녀도 본능적으로 느낀 것이다.

자신의 행동이 어떠한 것도 설득할 수 없다는 걸.

그리고 그렇게 생각할 수밖에 없는 말과 행동을 보였고, 그 부분에 대해서는 다른 반박의 여지가 존재하지 않는다는 것을 말이다.

결국 그녀는 고개를 푹 숙였다. 입이 열 개라고 해도 할 말이 없었다.

"죄송해요."

"뭐가 죄송하지?"

"이런 모습을 보인 것 자체가 죄송해요."

"흠."

사과하는 모습에 티엘이 입을 다물고 아무 말도 하지 않자, 로웰린은 안절부절못했다.

'역시 잘못된 걸까.'

사람의 감정이 마음대로 되지 않는다는 것을 이번에 처음 깨달았다.

힘든 시절을 함께한 크레티아와의 사이는 좋았고 앞으로도 그럴 거라 생각했지만, 동등한 입장의 부인이 되어 아이를 낳지 못한다는 사실은 참을 수 없는 질투심을 낳았다.

"크게 신경 쓰지 말도록. 저번에 말한 걸 기억하고 있겠지?"

"네? 네……."

자신에게 자괴감을 느끼던 로웰린은 티엘의 말에 얼떨떨한 기색을 감추지 못하고 고개를 끄덕여 보였다.

"나는 아직 젊고, 앞으로 지낼 날들이 많다. 자식이 태어나면 그들에게 동등한 기회를 줄 것이다. 물론 첫 아이가 그만큼 많은 것을 보여주겠지."

"그렇죠."

"그러니 그 부분은 걱정하지 않아도 된다."

"네, 죄송해요. 제가 너무 못났죠?"

"특별히 그런 건 느끼지 못한다. 어차피 권력을 좇는 특성이니."

로웰린, 크레티아, 카롤리나, 세 여인으로 나뉜 계파는 은연 중 대립을 이루고 있으니 그녀들이 관심이 없다고 해도 주변에서 가만두지 않을 것이다.

"그러니 부담 갖지 말고. 아이는 서로 노력하면 가질 수 있으니."

"네, 고마워요."

지금 이 순간, 로웰린은 티엘에게 큰 감격을 느끼고 있었다. 결혼 전만 해도 무심했던 그는 이제 부인의 마음을 위로해 줄 수 있는 남자가 되었다.

"저기, 그러면……."

"응?"

"아이를 낳으려면 만들어야 하잖아요. 그러니까 앞으로 자주… 부탁드릴게요."

"그러지."

얼굴을 붉히며 수줍게 고백해 오는 모습에 티엘은 피식 웃
으며 고개를 끄덕였다.

로웰린을 다독인 티엘은 이틀 뒤 카롤리나를 불러 비슷한
말로 그녀의 마음을 달래주었다.

심란함을 느낄 법도 하였지만 그녀들 모두 티엘의 위로를
기쁜 마음으로 받아들였다.

두 여인을 위로했지만 그것이 단발적이라는 것을 무의식
적으로 느끼고 있었다.

지속적인 관심이 그녀들에게 필요했고, 지금 상황에서 자
신이 할 수 있는 것은 아이를 갖게끔 힘을 쓰는 것이었다.

"갑자기 무슨 일이에요, 오라버니?"

티엘의 부름에 도착한 실비아가 자리에 앉았다.

크레티아보다 조금 늦은 시기에 아들을 출산한 그녀는 산
후조리 중에 있었다.

아이주 지방의 성공적인 원정과 손이 귀한 로운 후작가의
아이를 얻은 그윈의 주가는 하늘 높은 줄 모르고 가파르게 치
솟고 있었다.

티엘도, 실비아도 아이를 얻으면서 다음 대를 걱정하지 않
게 되어 요 근래 마리아의 기분이 하늘 높은 줄 모르고 둥둥

떠다니고 있었다.

"할 말이 있으니 불렀지."

"그러니까, 오라버니가 제게 할 말이 있다는 게 이상해서요."

"가끔 이런 일도 필요하지."

"뭐, 그렇긴 하죠."

아이를 낳았기에 전보다 후덕해진 그녀는 차를 한 모금 마시면서 티엘을 빤히 바라보았다.

무언의 압박, 말을 하라는 제스처에 티엘도 차를 한 모금 들었다.

"순산을 축하한다."

"뭐, 힘들긴 했지만 나쁘지 않았어요. 내게서 새 생명이 태어난다는 사실이 기뻤거든요."

"그렇다니 다행이군. 요즘 가문의 분위기가 이상하다는 건 알고 있지?"

"이상하다고 하면 이상하죠. 그런데 제가 관여할 문제는 아니라고 생각해요."

"맞다, 네가 신경을 쓰지 않는다면 신경 쓸 이유가 없겠지."

아이주 지방을 차지하면서 영지를 하사받은 그윈은 어엿한 계승 귀족이 되었다. 실비아의 아이는 그 가문을 이어받을 후계자인 만큼 가문 내 권력 구도에 신경 쓸 이유가 없었다.

"하지만 큰 범위에서 보면 네 아이도 로운 후작가의 아이다. 그 사실은 부인하지 않겠지?"

"틀린 말은 아니죠."

"나는 네 아이에게도 기회를 주고자 한다."

"네?"

"네 아이에게도 본가를 이을 수 있는 자격을 주고자 한다."

"……."

실비아가 입을 다물었다. 돌아가는 상황이 심상치 않다고 여긴 것이다.

그녀의 머릿속이 팽팽 돌면서 빠르게 회전하기 시작했다.

티엘의 말은 자신의 아이에게도 가문을 이을 수 있는 자격을 준다는 의미였다.

그 뜻은?

"지금 제정신인가요?"

"제정신이 아닐 건 뭐지?"

"아니, 그런 건 둘째치더라도, 이미 아이가 있잖아요. 대체 왜 우리 아이까지 후계자가 될 수 있는 자격을 준다는 거예요?"

실비아로서는 지금 그 사실이 이해하기 힘들었다.

"간단하다. 내 부인들에게 아이를 낳으면 가문을 이을 후계자가 될 수 있는 경쟁을 할 수 있게 해준다고 약속을 했다."

"그 범위에 우리까지 있고요?"

"그런 셈이지."

"오라버니가 무슨 말을 하고 있는지 알겠어요."

"그원도 있지만 네가 가문의 일원이기에 선택을 넘기는 것이다. 네 생각은 어떻지?"

"복잡하네요. 난 오라버니가 순산을 축하한다고 말할 줄 알았지, 이런 말을 할 거라고는 생각지 못했어요. 머릿속이 아주 뒤죽박죽이 되었어요."

실비아의 안색은 미약하지만 일그러져 있었다. 그녀의 마음속에서 여러 가지 생각이 휘몰아치면서 갈등에 갈등을 거듭했다.

티엘의 제안을 받아들이면 자신의 아들은 로운 후작이 될 수 있는 위치에 서게 된다.

당대 최고의 성세를 구축하고 있는 가문의 주인이 될 수 있다는 것은 굉장한 매력으로 작용할 수밖에 없다.

헤인조 지방에 국한되어 있던 가문은 남부를 성공적으로 개척하고, 아이주 지방을 통합함으로써 국가의 기초를 닦아놓은 상태였다. 가문을 이으면 왕과 같은 위치에 설 수 있다는 뜻이었다.

"결정하기 힘들면 며칠의 시간을 주겠다."

"그러시겠어요?"

"그윈의 의견이 필요한 것처럼 보이니까."

"맞아요. 그이의 의견도 물어봐야 할 것 같아요. 제 아이이 기도 하지만 그의 아이이기도 하니까요. 충분한 논의가 필요 할 것 같아요."

"알았다, 그럼 네 대답을 기다리겠다."

"고마워요."

고개를 꾸벅 숙인 실비아는 자리에서 일어났다. 더 이상 이 자리에서 허비할 시간 따위는 없었다.

아이주 지방 원정을 성공적으로 끝마친 그윈은 가문으로 돌아와 시간을 보내고 있었다. 실비아가 낳은 아이를 돌보면 서 검을 수련하던 그는 갑자기 쳐들어온 그녀가 늘어놓는 말 을 듣다가 표정을 굳혔다.

그 속에 담긴 의미는 결코 가볍지 않았다.

"주군께서 그런 말씀을 하셨군."

"어떻게 생각해요?"

"부인은 어떻게 생각하오?"

"모르겠어. 어떤 것도 나쁘지 않지만 아이의 미래를 위해 서라면 욕심을 부리고 싶기도 하고, 한편으로는 오라버니의 마음이 영원히 이어질 것도 확신하지 못하니까……."

"그럴 테지."

복잡한 실비아의 표정에 그윈이 가볍게 고개를 끄덕였다.

후계 구도에 참여하면 자신의 아들이 로운 후작가의 주인이 될 수 있는 기회였다.

가문의 위상이 얼마나 높아지고, 강해졌는지 알고 있는 만큼 제안을 뿌리치기는 어려운 일이었다.

"그래서 당신의 결정을 듣고 싶어요."

"내 결정이라, 그럼 부인은 내 결정대로 따를 생각이오?"

"당연히."

"……."

망설일 것 없이 고개를 끄덕이는 실비아의 모습에 그윈은 턱을 괴고 생각에 잠겨들었다.

현실의 안주냐, 도전이냐. 진부한 과제였지만 자신의 결정이 아이의 미래를 바꿀 수 있는 문제였다.

자신의 아들이 후계 경쟁에서 승리하고 로운 후작이 되는 걸 상상해 보았다.

권력에 크게 미련이 없는 티엘은 후계자가 가문을 다스릴 능력이 되면 거리낌 없이 그것을 내던질 인물이었다.

그러다 문득 자신의 상상이 어디까지 닿았는지 깨달은 그윈은 쓴웃음을 지었다.

"인간이란 동물의 욕심은 거칠 것이 없군."

"당신의 생각은 어때요?"

"부인, 나는 얼마 전까지만 해도 그저 그런 능력을 보이던 평민 기사에 불과했소."

"알고 있어요."

티엘이 본격적으로 전면에 등장하기 전 그윈은 재능이 뛰어난 유망주였다. 하지만 그의 눈에 띄어 발탁되면서 본격적으로 실력을 길러 나가기 시작했다.

"그때까지만 해도 내가 이 정도 위치에 설 거라고 생각지도 못했지. 가문이 어려운 상황이라고 해도 내게 지나치게 많은 기회가 주어졌고, 누가 삼십도 되지 않은 나이에 한 군을 이끌고 반란을 토벌할 수 있겠소."

"확실히 그건 그래요."

그윈에 대한 티엘의 신임은 지나친 감이 없지 않아 있다고 느낄 정도였다.

"군을 이끌면서 착실하게 경험을 쌓았고, 단장님과 마블론 경에게 가르침을 받으면서 실력을 끌어 올렸지. 그리고 부인이 알다시피 마스터의 경지에 도달할 수 있게 되었소. 모두 주군의 세심한 배려가 있었던 거지."

"그러네요. 그런데 그 이야기는 왜요?"

"주군 덕분에 실력을 늘리고 아이주 지방 토벌 작전을 명령받아 공을 세워 계승 작위까지 얻었소. 평민 기사치고 이 정도로 출세한 이를 찾아보라면 없다고 하겠지."

"그럼……."

실비아는 그가 이런 이야기를 하는 것에 포기의 의미가 담겨 있다는 걸 느끼고는 가늘어진 눈으로 그윈을 바라보았다.

본래 그는 야망이 큰 인물이 아니었다.

그저 일상에 충실한 인물이었고, 신의가 있고 행동으로 옮길 줄 아는 인물이었다.

그래서 반했고 결혼을 하게 되었지만, 일생일대 중요한 기회가 찾아온 상황에서 야망도 없이 티엘의 뛰어남을 늘어놓는 것이 다소 마음에 들지 않았다.

"주군의 뜻이 무엇인지 알기 어렵지. 하지만 한 가지만큼은 분명하오."

"오라버니의 뜻을 알겠어요?"

그윈은 고개를 저었다. 하지만 그의 음성에는 자신감이 실려 있었다.

"주군이 그렇게 말씀하셨다면 다른 뜻이 있다는 것. 우리는 그것을 받아들이고 마음이 가는 대로 행동하면 되는 것이오. 주군께서 우리에게 기회를 주셨으니 그것을 적극적으로 활용하는 것이 기대에 부응하는 것 아니겠소?"

"당신의 결정은……."

"주군의 제안을 받아들이겠소. 우리 아이를 잘 키워 로운 후작가의 후계자로 키워봅시다."

그윈의 두 눈에 맴돌고 있는 것은 강렬한 야망이었다.

남자로 태어나 정점에 서지 못했지만 자식만큼은 그 위치에 도달할 수 있는 길이 열렸다. 그것을 포기하기에는 남자로서 지닌 야망이 거세게 꿈틀거리고 있었다.

실비아의 입가에도 미소가 걸렸다.

그제야 자신에게 무엇이 부족했는지 깨달을 수 있었다.

이 타오르는 야망이, 결정을 밀어붙이는 과단성이 부족한 것이다.

"좋아요. 최선을 다해 내조하겠어요."

"기대하지."

두 사람은 서로 바라보며 미소를 지었다.

로운 백작을 휩쓸 태풍이 시작되는 순간이었다.

제2장

정령의 계약

히드로 2세는 카본 대공이 보이지 않는 것을 보고 의아한 표정을 지었다.

황제의 권위를 세우기 위해 빠짐없이 방문하던 것이 바로 그였다.

그런 그가 모습을 드러내지 않으니 자연히 하브리스 공작에게 시선이 향했다.

"숙부님은 어디에 계신지요?"

"카본 대공은 당분간 폐하를 뵙기 힘들 것입니다."

"어찌하여?"

"그것은 단둘이 있는 자리에서 고하겠습니다."

다소 심각한 하브리스 공작의 표정에서 심상치 않음을 느낀 히드로 2세는 더 이상 묻지 않고 조례를 진행했다. 그리고 모든 회의가 끝나고 물러날 때, 하브리스 공작이 히드로 2세를 향해 입을 열었다.

"폐하께서는 카본 대공의 비밀을 알고 계신지요?"

"숙부님에게 제국의 숨은 검 외에 다른 비밀이 있다는 것입니까?"

"예, 카본 대공은 전대 제국의 지배자에게도 숨겨야 할 비밀을 가진 인물입니다."

"대체 무엇이기에?"

"지금 폐하께 그것을 고하고자 합니다. 이것은 자칫 제국뿐만 아니라 대륙 자체를 파멸로 몰아넣을 수 있는 사안입니다."

"대륙을 파멸로?"

그제야 히드로 2세의 표정이 심각하게 굳어갔다.

카본 대공의 힘이 평범한 것과 궤를 달리한다는 내용을 들은 적은 있다. 하지만 그것이 대륙을 파멸로 몰아넣을 정도라고는 생각해 본 적이 없었다.

'대체 무엇이기에?'

히드로 2세의 얼굴에 짙은 의문이 드리웠다.

"카본 대공은 먼 옛날, 전란의 시기에 한 소국에서 개발한 비기를 익히고 있습니다."

"소국의 비기입니까?"

"그렇습니다. 주변 강대국에게 둘러싸인 그 소국은 자신들이 살아남기 위해 소수정예를 추구할 수밖에 없고, 국가의 존망을 걸고 연구하기에 이르렀습니다."

"그렇군요."

소국의 상황이 한때 자신과 다르지 않다는 사실에 히드로 2세는 쓴웃음을 지으면서 하브리스 공작의 말에 귀를 기울였다. 본능적으로 카본 대공의 힘과 그 소국의 연구가 이어진다는 걸 느꼈다.

"그 소국에서 연구한 것의 이름은 '엘리멘탈 프로젝트' 입니다. 이것은 정령의 힘을 인간이 사용할 수 있는가에 대해 연구한 프로젝트였습니다."

"정령의 힘이라니, 그것이 가능한 말입니까?"

"정령사가 존재하고, 마법사도 원소 마법을 구사하지 않습니까? 그에 착안한 엘리멘탈 프로젝트는 몸에 마법진을 새겨 인간의 몸에 정령의 힘을 불어 넣는 것으로 완성되었습니다."

"인간의 몸으로 정령의 힘을 쓰다니, 강할 것 같습니다."

"예, 정령의 힘은 기존의 마나에서 정제된 오러보다 한 단게 더 강한 위력을 발휘합니다. 그리고 이 프로젝트를 성공한 소국은 단숨에 세력을 확장하여 주변의 강대국을 차례대로 멸망시키고 제국으로 성장하기에 이릅니다."

"대단하구려."

"정령의 힘을 쓴 이들 중 정점에 다다른 자들을 일컬어 '로드(Lord)'라 칭했고, 그들은 압도적인 무위로 전장을 유린했습니다. 그들 한 사람의 무력은 가히 국가와 맞먹을 정도였다고 합니다."

히드로 2세가 깜짝 놀라 물었다.

"인간이 그렇게 강할 수 있단 말입니까?"

"로드의 경지는 현재 칭하는 절대강자와 비슷한 수준입니다."

"그런데 국가와 맞먹는다는 것은 무슨 뜻인지?"

절대강자의 비중은 분명 대단하지만 국가에 비견될 정도는 아니다. 로운 후작이나 클레디오 백작 같은 괴물이 나타나기 전까지 히드로 2세는 절대 인정하지 못했을 것이다.

"그들은 정령화라는 비기를 사용할 수 있습니다. 육체를 일시적으로 정령 상태로 만드는 것인데, 이 비기는 절대강자 수준에 도달하지 않은 이가 아니면 절대 타격을 가할 수 없습니다."

"대단하군. 그 로드를 보유한 국가는 최강의 힘을 지녔겠군요."

"그렇습니다. 결국 강대국들을 멸망시킨 그 국가는 제국이
되었고, 황제는 인간의 경지를 뛰어넘어 신에 가까운 힘을 지
녔다고 합니다."

"그런 고대비사가 숨어 있을 줄은. 엘리멘탈 프로젝트란
것을 제국에서 쥐고 있었다면 이런 어려움도 발생하지 않았
을 터."

로드의 정령화가 전해주는 달콤한 매력에 히드로 2세는 진
심으로 아까운 표정을 지었다.

"현재 카본 대공이 익힌 힘이 바로 엘리멘탈 프로젝트의
것입니다."

"…그게 정말 사실입니까?"

"예."

"그런데 숙부님은 왜 그 사실을 숨기고 있는 것인지? 엘리
멘탈 프로젝트만 있다면 강한 전력을 양산할 수 있는 것 아닙
니까?"

책망의 뜻을 담아 말을 했지만 하브리스 공작은 고개를 저
었다.

"그가 익힌 것은 반쪽짜리입니다."

"반쪽짜리?"

"예. 온전히 정령을 소환하지 못했고, 정령화도 완벽한 형

태로 이루지 못했습니다. 만약 완벽하게 그 힘을 익혔다면 로 운 후작이나 클레디오 백작과도 팽팽하게 맞설 수 있을 것입니다."

"그 정도로 대단한 힘인데 반쪽짜리라니 정말 아쉽습니다."

"예, 이전까지 상관없다고 생각했지만 두 절대강자를 만난 카본 대공의 생각은 바뀌었습니다. 엘리멘탈 프로젝트의 완성을 위해 나선 것입니다."

"반쪽짜리라고 했으면서 어떻게?"

"직접 실험을 할 생각인 듯싶습니다."

"직접이라면⋯⋯."

그제야 카본 대공이 모습을 드러내지 않는 이유가 무엇인지 알아차린 히드로 2세의 표정이 딱딱하게 굳어가기 시작했다.

"카본 대공은 오래전부터 이론을 보완하고 있었습니다. 제국의 숨은 검이 지닌 목표였고, 부족한 부분은 오래전에 완성되었지만 아직 몸으로 실험을 한 적이 없습니다. 그것을 함으로써 엘리멘탈 프로젝트를 완성시킬 계획입니다."

"완벽한지 아닌지 모르면서 어떻게 완성시킨단 말입니까!"

일갈을 터뜨린 히드로 2세가 자리에서 일어나 하브리스 공작을 노려보았다.

그는 고개를 숙임으로써 송구함을 드러냈다.

"의지가 너무 확고하여 막을 수 없었습니다. 지금쯤 카본 대공은 정령을 소환하여 완벽한 형태의 힘을 익히고자 할 것입니다. 부디 성공을 빌어주시길."

"아아, 짐의 힘이 약하여 보좌하는 사람들이 이토록 고생하는군요. 이 무력감, 이 굴욕감, 너무나 분합니다."

이를 갈던 히드로 2세는 눈을 질끈 감고 말았다.

"지금쯤 폐하께서 어떤 반응을 보이고 계시겠군."

하브리스 공작에게 결심을 통보한 카본 대공은 망설일 것 없이 정령의 힘을 받아들이고자 몸에 마법진을 새기기 시작했다.

과거 정령의 힘을 받아들인 이들은 몸에 마법진을 새겨 넣고 정령의 힘을 받아들이면서 정령과 동화율을 보고 재능을 판별했다.

카본 대공도 마찬가지였고, 어느 순간 앞에 가로막힌 것을 깨닫고 마법진을 새겨 넣는 작업을 멈추었다.

하지만 그것은 완벽하지 않은 이론 때문에 벌어진 실수에 지나지 않았다.

오랜 연구 끝에 카본 대공은 결정적인 사실 하나를 깨닫게 되었다.

가장 먼저 새기는 것은 마나 홀이었다. 과거 엘리멘탈 프로젝트를 성공리에 이끈 이들은 마나 홀에 첫 번째 마법진을 새기고 체내의 마나를 모두 정령의 힘으로 전환하였다.

그 후 다른 곳에 마법진을 새겨서 신체의 모든 부분을 정령과 동화시켰다.

하지만 일부분이 훼손되고, 역대 제국의 숨은 검들은 물론 카본 대공은 마나 홀에 마법진을 새기지 않았다.

마나가 세상의 근간이며, 정령의 힘도 마나로 전환하여 사용하기에 마나 홀만큼은 예외로 둔 것이다.

그리하여 마나를 운용해 신체에 새겨진 마법진을 이용하여 정령의 힘을 사용해 왔다.

그야말로 비효율의 극치였다.

이 사실을 깨닫게 된 카본 대공은 허탈함을 느꼈지만 한편으로는 전율을 느꼈다.

반쪽짜리 정령으로도 이 정도 힘을 손에 넣었는데 완벽하면 어느 정도일지 상상조차 하기 힘들었다.

아직 과거의 엘리멘탈 프로젝트만큼 완벽하지는 않았다.

그러나 마나 홀에 마법진을 새기는 사실만으로도 완성에 가까운 단계에 이르게 되었다.

마나 홀 부분에 마법진을 새기고, 바닥에도 마법진을 새긴 카본 대공은 잠시 그것을 빤히 바라보았다.

"이제 시작인가."

성공일지, 실패일지는 하늘의 결정에 따라 다르게 진행될
것이다.

우웅! 우우웅!

마나를 주입하기 무섭게 마법진이 요동치기 시작했다. 새
하얀 광휘부터 시작하여 칠흑처럼 어두운 기운, 그리고 붉은
기운과 푸른 기운, 녹색 기운과 갈색 기운, 금빛 기운이 한데
휘몰아치면서 카본 대공의 몸으로 스며들기 시작했다.

파아앗!

"큽!"

몸에 새겨진 마법진이 빛을 발하면서 카본 대공의 입가에
서 억눌린 신음이 흘러나왔다.

그와 동시에 신체 내부에서 일어나는 현상을 관조했다.

'이건 분명……'

두 눈에 서린 것은 희열.

충만하게 차오르는 힘의 물결은 틀림없는 정령의 힘이었
다.

그동안 마나 홀에서 마나를 끌어 올리고 마법진의 힘을 바
탕으로 정령의 힘을 발휘했다면, 지금은 신체 내부의 힘 자체
가 순수한 정령의 힘으로 바뀌어가고 있었다.

그리고 그것은 빛, 어둠, 화염, 물, 흙, 바람, 뇌전 중 가장 강력한 힘을 지닌 뇌전의 속성을 띠었다.

파직! 파지직!

금빛 뇌전에 물든 카본 대공의 전신이 유리처럼 금이 가기 시작했다.

쾅! 콰광! 쾅!

'이, 이건 들어본 적이 없다.'

연이어 터져 나오는 폭발음 속에서 정신이 혼미해지는 것을 느꼈지만 이를 악물고 참아냈다.

본능적으로 지금 일어나는 현상이 나쁘지 않다는 것을 눈치채고 힘을 통제하지 않고 흘러가는 그대로 놔두고 있었다.

우웅!

마침내 기운이 전신을 휘감는 순간, 카본 대공의 몸에 변화가 일어났다.

우득! 우드득!

콰드득! 콰직!

뼈가 뒤틀리고 전신의 기운이 제멋대로 날뛰는 가운데 육체의 재구성이 시작되었다.

견뎌내기 힘든 고통에 카본 대공은 정신을 놓고 말았다.

며칠의 시간이 흘렀다.

그동안 쓰러진 카본 대공의 몸은 미동도 하지 않고 있었다.

모르는 사람이 본다면 죽었다고 생각해도 이상하지 않은 상황. 하지만 그와 다르게 내부에서는 강렬한 힘이 강물처럼 도도히 흐르고 있었다.

충만하게 차오른 뇌전의 기운은 전신을 휩쓸면서 노폐물을 배출하였고, 정령의 힘이 발휘될 수 있는 형태로 변이를 일으켰다.

뇌전의 속성 때문에 하얗던 머리는 금색으로 탈바꿈해 있었다.

"…기절했었군. 성공인가? 하하!"

정신을 차린 카본 대공은 전신에서 느껴지는 활력에 웃음을 지었다.

아직 온전한 통제의 방법을 찾지 못했기에 힘을 제대로 쓸 수 없었지만 느껴지는 힘은 그로 하여금 희열에 젖어들게 만들었다.

통제를 잃은 육체의 감각을 조금씩 되찾으면서 카본 대공은 머릿속으로 여러 가지 생각을 하고 있었다.

'내가 세운 엘리멘탈 프로젝트의 마지막 조각은 맞는 것인가? 그렇다면……'

조금씩 감각이 돌아오면서 머릿속을 가득 채우는 것은 정령화에 대한 정보였다.

이전에는 반쪽짜리였다면 지금은 정령의 힘이 충만한 가운데 완벽하게 펼쳐지는 정령화.

파지직!

의지가 동하니 육체가 반응하며 강렬한 스파크를 일으켰다. 그리고 금빛으로 화한 그의 신형은 십여 미터 떨어진 곳에 모습을 드러냈다.

"이거였군."

진정한 정령화가 무엇인지, 그동안 자신이 무엇을 잘못하고 있었는지 깨닫게 되었다.

그리고 전과 비교할 수 없는 강대한 힘 또한.

"아직은 아니다. 방심하기에는 괴물 녀석들이 많아."

로드의 경지는 과거 대륙을 휩쓸었던 절대적인 무위의 지표였지만 제국 내에는 두 명의 괴물이 존재하고 있었다.

그들을 확실하게 상대하기 위해서는 지금 이 힘을 온전히 다룰 수 있게 되어야 했다.

"오래 걸리지 않을 것이다, 기다려라."

"주군을 뵙습니다."

"오랜만이군, 앉아라."

티엘은 오랜만에 찾아온 그윈을 맞이하면서 자리를 권했다.

그가 맞은편에 앉기 무섭게 하녀가 차를 따르기 시작했다.

이제는 하나의 의례가 된 것처럼 차를 한 모금 마시기 전까지 아무런 말도 오가지 않았다.

"실비아와 이야기는 나눠봤나?"

먼저 말문을 연 것은 티엘이었다. 차를 음미하고 있던 그윈이 나직이 고개를 끄덕였다.

"예, 안 그래도 그 부분 때문에 주군을 찾게 되었습니다."

"그렇군."

"…그 부분에 대해 주군께 묻고 싶은 것이 있습니다."

"말해라."

"어찌하여 제 아이에게까지 기회를 주시는 것입니까?"

"기회라, 그렇게 생각할 수도 있겠군."

그윈의 말속에는 많은 의미가 담겨 있었다. 잠시 침묵하고 있던 티엘은 입가에 미소를 지으면서 말을 이어나갔다.

"간단하다. 일차적으로 부인들의 불만을 잠재우기 위함이다. 크레티아가 아들을 낳았다는 사실 하나만으로 가문이 요동치는 것을 보면 훗날 혼란은 예견된 것이나 다를 바 없지. 나는 그 혼란을 최소한의 여파로 잠재울 생각이다."

"그것뿐이십니까?"

"물론 가문을 이을 아이가 최고의 재능을 지녔으면 하는 바람이 있다. 먼저 태어났다고 가문을 잇는 것은 손이 귀한 전대의 일에 불과했지. 앞으로 몇몇 아이가 태어나면 누가 더 가문에 적합한지 경합을 벌이게 할 것이다. 그것을 네 아들에게도 확대한 거라 보면 된다."

"예……."

"간단하게 생각하면 된다. 가문을 이끌기 가장 적합한 인물이라면 나는 그 아이를 후계자로 삼고 인수인계를 거친 뒤 작위를 물려줄 것이다. 복잡하게 생각할 이유가 없고, 잘못될 이유가 없다. 그 부분이 걱정되었나?"

"솔직히 그런 감이 있었습니다."

"하긴, 그렇게 생각할 수도 있겠지."

"……."

순순히 수긍하는 티엘의 모습에 그윈은 잔뜩 긴장했다. 아이에 관련된 문제여서 당돌하게 질문을 던졌지만 상대가 티엘임을 잠시 망각한 것이다.

"걱정할 이유가 없다. 내가 살아 있는 한 대놓고 내 심기를 거스르는 정치 공작은 없을 테니. 가장 염려하던 것이 그 부분 아니었나?"

"그, 그렇습니다."

"걱정하지 말도록. 내가 건재한 이상 그런 일은 발생하지 않을 테니. 무엇보다 너 스스로의 위치도 어느 정도 자각할 때가 되지 않았나?"

"제 위치 말입니까?"

"로운 후작가의 사위라는 위치를 가볍게 여기는 듯하군."

"그럴 리가 있겠습니까!"

펄쩍 뛴 그원은 맹렬한 기세로 고개를 저어 보였다. 자신이 로운 후작가의 사위라는 사실을 단 한 번도 가볍게 여긴 적은 맹세코 없었다.

"그럼 어느 정도 자각하고 있겠지. 가문의 사위인 이상 너 스스로의 배경도 강력하다. 그 부분을 잊지 말도록."

"알겠습니다."

정치적인 위치를 신경 끄고 있는 것도 좋지만 자신이 지닌 배경을 제대로 활용하지 못하는 것도 문제가 될 수 있었다. 그원은 자신이 지닌 배경에 대한 자각이 부족했음을 인정할 수밖에 없었다.

"나가보도록. 앞으로 해야 할 일이 많을 것이다."

"예, 주군."

정령의 힘을 온전히 얻은 카본 대공은 한동안 거처에 틀어 박혀 힘을 자신의 것으로 만드는 데 집중했다.

이미 정령의 힘을 운용하기에 적응하는 데 오래 걸리지 않 았다.

약 한 달이란 적응 기간을 거친 뒤 황궁으로 향한 그의 전신에는 자신감이 가득했다.

"폐하를 뵈옵니다."

"어서 오십시오, 숙부님."

"미처 사정을 알리지 못한 점, 죄송합니다."

제국을 수호하는 검인 자신이 자세한 연유를 밝히지 않고 잠적한 것 자체가 문제였다. 카본 대공이 고개를 깊게 숙이자, 히드로 2세가 손사래를 쳤다.

"죄송할 것 없습니다. 숙부님이 어떤 생각을 하고 있는지 모르는 것도 아니니 말입니다."

"죄송합니다."

"하브리스 공작님에게 대충 사정을 전해 들었습니다. 숙부님이 익힌 힘, 강합니까?"

"물론입니다."

"어느 정도인지요?"

히드로 2세가 궁금해하는 부분이 바로 그것이었다.

현재 카본 대공의 무위는 어느 정도 수준에 도달해 있는가.

황실의 권위를 세우기 위한 노력을 하고 있고, 레디븐 백작이 어느 정도 대우를 하고 있는 실정이었지만 히드로 2세에게 가장 부족한 것은 절대적인 강자의 유무였다.

카본 대공, 하브리스 공작 모두 강한 무위를 지녔지만 제국의 젊은 천재들인 로운 후작과 클레디오 백작보다 한 수 처진다는 소문이 무성했다.

이들의 아성을 뛰어넘지 못한다면 황실의 권위를 세우는 것도 힘들어질 것이다.

"클레디오 백작 정도는 제압할 수 있습니다."

"클레디오 백작을 말입니까?"

"이전까지는 겨루게 되면 질 확률이 더 높았겠지만 지금은 다릅니다. 클레디오 백작과 겨루면 충분히 제압이 가능한 수준입니다."

"대단합니다. 정령의 힘이라는 것이 그렇게 대단할지 몰랐습니다."

"그렇지 않아도 폐하께 무례가 되지 않는다면 정령의 힘을 보여드리고자 합니다."

"어떻게 말입니까?"

"하브리스 공작과 대련을 하려고 합니다. 허가해 주시겠습니까?"

"괜찮습니까?"

히드로 2세의 시선이 하브리스 공작에게 향했다.

"신은 괜찮습니다."

수락이 떨어지자 히드로 2세의 눈이 반짝였다. 절대강자의 반열에 든 강자들의 대련은 상상만으로 전신의 감각이 곤두서는 듯했다.

"그럼 보도록 하겠습니다."

세 사람이 이동한 곳은 황궁 모처에 마련된 비밀 연무장이었다.

히드로 2세는 안전지대에 착석하고, 카본 대공과 하브리스 공작이 연무장 중앙에 섰다.

"정령의 힘은 온전히 얻었나?"

"보면 알 거 아니냐."

자신감 넘치는 목소리가 들렸지만 하브리스 공작은 굳은 표정을 풀지 않았다.

"과거의 사례를 보면 정령에게 먹힌 경우도 있다. 그걸 확인하고 싶었을 뿐이다."

"내가 정령에게 먹히는 일은 벌어지지 않을 것이다."

스르릉.

검을 뽑아 든 하브리스 공작이 자세를 취했지만 카본 대공은 변화가 없었다. 그에 의아함을 느끼고 물음을 던졌다.

"검은?"

"필요 없다."

"그럼 사양하지 않지."

전설로 전해지는 정령의 힘을 온전히 얻었다면 카본 대공의 힘은 이미 인간의 범주를 벗어난 수준일 것이다.

수락이 떨어지기 무섭게 하브리스 공작의 검이 공간을 가르며 쇄도했다.

파파팟!

푸른 오러가 물결치듯 허공을 수놓으면서 카본 대공을 압박했다.

숨이 턱턱 막혀올 정도로 촘촘한 그물이었지만 카본 대공의 입가에는 오히려 짙은 미소가 드리웠다.

파직! 파지직!

어느새 그의 오른손에는 금빛으로 이루어진 뇌전검이 생성되어 있었다. 공간을 점유한 오러가 덮쳐오는 것을 보며 뇌전검으로 후려쳤다.

꽝!

강렬한 폭음과 함께 공간이 폭발했다. 힘의 여파가 사방으로 퍼져 나갔지만 카본 대공은 그 사이를 파고들면서 하브리스 공작을 공격했다.

여파를 고스란히 감당하며 전진하는 모습에 하브리스 공작의 눈썹이 곤두섰다.

'무모해졌군.'

예전에도 저돌적이었지만 무모하지는 않았다. 마음속으로 정령의 힘이 카본 대공을 집어삼키는 현상에 고심하면서 공세를 늦추지 않았다.

꽝! 꽈과광!

오러와 뇌전은 허공에 충돌하면서 사방을 환히 밝혔다. 일견하기에는 두 힘이 팽팽한 균형추를 이루고 있는 듯했지만 실상은 달랐다.

다섯 속성 중 가장 빠른 뇌전은 강하고 직선적인 힘으로 하브리스 공작에게 타격을 주고 있었다.

"흡!"

이대로 대결이 진행되면 불리하다는 것을 깨달은 하브리스 공작은 모든 힘을 개방하여 일방적인 공세를 퍼붓기 시작했다.

묵직한 검이 대기를 가르고 공간을 쪼개며 단숨에 카본 대공의 몸으로 달려들었다.

멀리서 보면 몸이 두 동강 날 것 같은 절대 절명의 위기 상황.

지켜보던 히드로 2세가 놀라 자리에 일어나 외쳤다.

"안 돼!"

하지만 그의 불안감은 상상으로 끝났다.

푸른 오러가 몸을 강타하는 순간, 카본 대공의 몸이 금빛으로 화하더니 한 줄기 뇌전이 내려친 것이다.

꽈르릉! 꽝! 꽝!

"음!"

무자비하게 들이치는 뇌전에 하브리스 공작이 세 걸음 물러난 뒤 신음을 흘렸다. 그리고 그의 앞으로 뇌전이 인간의 형상을 이루면서 카본 대공이 모습을 완성했다.

"완전한 정령화인가?"

"괜찮은 위력 아닌가?"

"그렇군. 방금 전 전력을 다한 것 같지도 않았는데."

"보는 눈이 정확해. 맞다, 아직 전력을 다할 이유가 없지. 안 그런가?"

"그럴 테지."

카본 대공의 실력 증진이 뿌듯했지만 한편으로는 씁쓸함이 느껴졌다.

방금 전 정령화는 오러로 타격을 주는 것이 쉽지 않을 만큼 강력했다.

그것을 정면으로 받아낼 수 있는 이가 얼마나 될까.

절대 무너지지 않을 것 같은 로운 후작이나 클레디오 백작이 이 공격을 버텨낼 수 없을 것 같았다.

카본 대공이 히드로 2세를 바라보며 말했다.

"대련은 여기까지입니다, 폐하."

"정말 대단한 대결이었습니다."

짝짝짝!

절대강자의 무시무시한 공방에 히드로 2세는 찬사를 보냈다. 그만큼 두 사람의 대결은 짧았지만 강력한 임팩트를 선사했다.

"정령의 힘이 얼마나 대단한지 몰랐는데 직접 보니 대단하다는 걸 알겠습니다."

"아직 많은 보완이 필요합니다. 하지만 분명한 것은 앞으로 더 강해질 것만 남았다는 점입니다."

"기대가 됩니다. 얼마나 더 나아갈 수 있을지, 얼마나 더 강해질 수 있을지."

"폐하의 믿음에 보답할 것입니다."

카본 대공이 자신감 넘치는 목소리로 외쳤다.

자리를 정리하고 대전으로 돌아온 히드로 2세는 아직까지 들뜬 기색을 감추지 못했다.

절대강자의 무위가 대단하다는 것은 알았지만 정령의 힘을 이용한 카본 대공의 힘은 신선한 충격을 가져다주었다. 오러 블레이드조차 유유히 회피하는 정령화란 힘은 앞을 가로막는 모든 적을 무너뜨릴 절대적인 힘처럼 여겨졌다.

"폐하께 드리고 싶은 말이 있습니다."

"말하세요."

"정령의 힘을 운용하고 있지만 아직 완벽한 수준은 아닙니다."

"아니, 그게 완벽한 수준이 아니라고요?"

"예, 아직 연구가 필요합니다."

깜짝 놀라는 히드로 2세와 다르게 카본 대공은 담담하게 대답했다.

"하지만 거의 완성 단계이기도 합니다. 힘의 운용 방법과 정령의 힘을 효과적으로 끌어들이는 것을 파악하게 되면 진정한 힘을 발휘할 수 있을 것입니다."

"상상만으로 기쁜 사실입니다."

"그래서 폐하께 한 가지 간언을 드리고자 합니다."

"뭡니까?"

"제가 정령의 힘을 완성하면 이걸 바탕으로 폐하의 친위대를 만들고 싶습니다."

"짐의 친위대를?"

"예, 폐하에게 절대적인 충성을 바치는 이들에게 정령의 힘을 전수하고자 합니다. 폐하의 윤허가 필요한 사안입니다."

"친위대라……."

전율에 휩싸인 히드로 2세가 멍한 얼굴로 중얼거렸다.

짧은 시간이었지만 카본 대공이 보여준 정령의 힘은 굉장했다.

자신에게 맹목적인 충성을 바치는 기사들이 그 힘으로 무장한다면?

제국 그 어떤 귀족조차 자신을 함부로 대하지 못할 것이다.

"얼마나 강해질 수 있습니까?"

"적어도 지금보다 배 이상 강해질 것입니다."

"하하! 짐에게 이런 날이 올 줄 몰랐습니다. 리그디스 공작에 의해 허수아비로 평생 궁에 틀어박혀 살게 될 줄 알았는데."

히드로 2세의 웃음은 높고 유쾌했다.

그것만으로도 그가 결심을 굳혔다는 사실을 눈치챌 수 있었다.

"윤허합니다. 짐의 친위대를 조직하는 데 지원을 아끼지 않도록 하지요. 모든 권한은 숙부님에게 드리는 바이며, 제국의 황실을 영광으로 이끌 인재를 선발해 주시길 바라겠습니다."

"예, 폐하."

미소 지은 카본 대공이 고개를 깊이 숙였다.

하브리스 공작과 함께 궁을 나선 카본 대공은 그에게 달콤한 제안을 던졌다.

"나도 정령의 힘을 익힐 수 있다고?"

"물론이다. 폐하께 친위대 조직을 건의했지만 가장 우선

순위는 충성 검증이 될 것이다. 그 과정에 많은 시간이 필요하겠지. 근위기사를 가장 잘 파악하고 충성심이 높은 사람이 누가 있지?"

"나란 뜻이군."

"정령의 힘은 제국의 역사에 걸쳐 숨겨진 검이 연구해 온 문제다. 내가 운이 좋아 완성했지만 혼자 독점해 봤자 현 상황을 타개할 수 없다는 것 정도는 알고 있다."

"그래서 내가 협력 대상이 되었군."

"네 녀석에게도 나쁜 제안은 아니라고 생각한다. 정령의 힘을 얻으면 정령화라는 비기를 얻을 수 있다. 그리고……."

"그리고?"

말끝을 흐리는 모습에 무언가 숨겨져 있다는 걸 깨달은 하브리스 공작이 재촉하듯 물었다.

잠시 망설이던 카본 대공이 충격적인 사실을 털어놓았다.

"나는 아까 대련에서 힘의 절반도 사용하지 않았다."

"……."

하브리스 공작은 할 말을 잃었다.

대련이었지만 전력에 가까운 힘을 사용한 자신이었다.

그런데 카본 대공은 절반도 사용하지 않았다니, 충격과 자괴감이 동시에 몰려왔다.

"정령의 힘을 익히면 너도 나 못지않은 큰 힘을 얻게 될 것이다."

"아직, 아직 발전의 가능성이 있단 말인가?'

히드로 2세를 보필하면서 더 이상 높은 경지에 올라가는 것을 사실상 포기한 자신이었다. 그런데 더 강한 힘을 손에 넣을 수 있다는 사실은 치명적인 유혹이 되어 다가왔다.

"생각하기 나름이겠지. 결정은 네 몫으로 남겨두겠다. 결심이 서면 찾아오도록."

그 말과 함께 카본 대공이 마차에 올라 사라졌다.

잠시 자리에 멈춰 서 있던 하브리스 공작의 입가에 미소가 그려졌다.

"더 강해질 수 있다는 사실이 눈앞에 있는데 무슨 망설임이란 말인가."

그것으로 결정된 것이었다.

저택으로 돌아온 카본 대공은 조용히 독서 중이라는 로즈를 찾았다.

실연의 늪에 빠진 그녀가 다른 생각을 하지 못하도록 여러 방면으로 세심하게 살피는 그였다.

카본 대공이 방에 도착하니, 책을 읽고 있던 로즈가 자리에서 일어나 그를 맞이했다.

"오셨어요, 아버님."

"그래, 좀 괜찮으냐?"

"괜찮을 게 있나요. 시간이 약이라고 생각하고 지낼 뿐이에요."

"긍정적으로 생각하니 다행이구나."

히드로 2세를 보필하고 황실의 권위를 세우는 것도 중요했지만 사랑하는 여인이 남긴 로즈를 행복하게 만드는 것이 카본 대공의 인생 목표였다.

"그렇게라도 해야죠. 아버님은 황궁에 다녀오신 건가요?"

"볼일이 있어 다녀왔다."

"황제 폐하를 보필하는 것도 좋지만 너무 적극적으로 임하시는 건 좋지 않을 것 같아요."

"그건 무슨 말이냐?"

"지금 상황에서 아버님의 존재는 반대쪽에 선 사람들에게 좋지 않게 여겨질 수 있다는 의미였어요."

"그게 무슨……."

전혀 예상치 못한 로즈의 말에 대답하려던 카본 대공이 표정을 굳혔다.

그녀의 말속에 담긴 의미가 무엇인지 눈치챌 수 있었던 것이다.

"갑자기 그 말을 하는 이유가 무엇이냐?"

"그냥요. 로운 후작가를 다녀오고 세상이 얼마나 정치적으로 돌아가는지 깨닫게 되었어요. 저는 아버님이 정치적인 곳에서 허무하게 휘말리는 걸 바라지 않을 뿐이에요."

"황궁에 들어선 순간 정치적으로 엮이는 것은 피할 수 없는 사실이다. 네 걱정은 고맙지만 아무래도 어려울 것 같구나."

"완전히 피하는 건 어렵지만 최소화시킬 수 있다고 생각해요. 저는 아버님이 단신으로 그들과 마주하지 않았으면 좋겠어요."

"알겠다. 네 말을 깊이 고민하고 듣도록 하마."

로운 후작가에 다녀오면서 무슨 깨달음을 얻은 것일까.

로즈의 말은 지극히 정론이고 가볍게 생각할 수 있는 것이지만 가장 사랑하고 가까운 딸에게서 들으니 어떠한 편견 없이 이해가 되었다.

"그나저나 네가 이렇게 정치적인 식견이 있을 줄은 몰랐다."

"그냥 보이는 걸 말했을 뿐이에요. 불편하셨다면 삼가도록 할게요."

"아니다, 제삼자가 보는 눈이 오히려 정확할 때도 있으니. 앞으로 종종 찾아올 테니 내게 하고 싶은 말이 있으면 하도록 하여라. 알겠지?"

"네. 배려해 주셔서 감사해요, 아버님."

"오히려 내가 감사해야겠지."

미소를 지은 두 부녀의 대화는 시종일관 화기애애했다.

카본 대공이 방을 나서고, 홀로 남은 로즈의 시선이 다시 책으로 향했다.

아무도 없는 자리였지만 그녀는 마치 듣고 있는 사람이 있는 것처럼 중얼거렸다.

"이게 최선이겠지?"

[후후! 당신의 시기적절한 조언은 아버지의 마음 깊숙한 곳을 파고들었을 거랍니다.]

"그러면 다행이야. 나는 힘을 얻을 수 있을까?"

[제가 함께하는 한 당신을 위협할 수 있는 인간은 없을 거랍니다. 장담하죠.]

"그 말, 믿겠어. 그리고 나는 힘보다 절대적인 아름다움이 필요해."

[모든 것은 당신이 원하는 대로. 후후훗!]

블러디 로즈의 웃음소리가 로즈의 머릿속을 울리고 있었다.

그럴수록 그녀의 얼굴에 서린 표정은 차갑게 굳어가고 있었다.

제3장
동네북이 된 헤셀 백작

아이주 지방을 잃고, 예상치 못한 티엘의 영지 횡단 사건은 헤셀 백작에게 큰 타격을 주었다.

병력도 병력이거니와 그중 가장 큰 타격은, 심복이자 뛰어난 장군이기도 한 카미엘 자작과 뤼스트 남작을 잃었다는 점이다.

"제길, 제길!"

자신의 수족처럼 부릴 수 있는 장군의 부재는 가문의 영향력 악화를 의미했다.

일그러진 헤셀 백작의 표정이 펴지지 않는 이유였다.

본래 그의 계획은 남쪽으로 시선을 옮긴 뒤, 윈스터 후작가를 공략하는 것.

하지만 의도치 않은 로운 후작의 등장과, 그를 잡기 위해 대거 동원된 병력에 계획은 실패로 돌아가고 말았다.

뿐만 아니라 군을 이끌던 퓌스트 남작은 물론, 삼만의 군이 무너진 것이 결정적이었다. 전선으로 복귀하기에는 사기가 곤두박질친 상태였고, 기사 전력의 부재는 가문을 최악의 상황으로 이끌었다.

거기에 끝나지 않고 윈스터 후작의 둘째 아들 질렛이 군을 이끌고 도발을 감행하면서 헤셀 백작의 속을 복잡하게 만들었다.

예전이라면 정면으로 박살을 내주었을 테지만 현재 가문 내부는 극도로 혼란스러웠다.

타개책을 찾고자 연 회의에서도 답답함은 이어졌다.

각지에 존재하는 적을 공략하는 방법은 제시하지 않은 채, 헤셀 백작의 눈치를 보면서 지금 상황을 모면하려는 행동만 보이고 있었다.

"대답을 내놔라! 대답을!"

"……."

하지만 대답이 나올 리 없었다.

현재 헤셀 백작가의 상황은 삼면으로 적을 마주하고 있

었다.

북쪽은 윈스터 후작가와 국지전을 벌이고 있는 상황이고, 서쪽에서는 레디븐 백작가가 호시탐탐 기회를 노리고 있다. 그리고 남쪽에서는 로운 후작가의 수군이 분주히 움직이고 있었다.

어느 하나 만만한 곳이 없었다.

자칫 잘못하면 삼면에서 적이 밀려드는 최악의 상황에 직면한 셈이다.

'무능한 버러지들!'

위기 상황에서 아무런 능력도 보이지 않으니 헤셀 백작은 군사부를 설치하지 않은 것이 처음으로 후회되었다. 인상을 찌푸린 채 생각에 잠겨 있던 그는 맨 끝자리에서 침묵을 지키고 있던 귀족을 호명했다.

"라이튼 남작."

"예."

"의견을 말해보도록."

"……."

"이건 명령이다."

"예, 주군."

라이튼 남작은 과거 헤셀 백작에게 조언을 하던 책사였다. 하지만 자존심이 강한 헤셀 백작은 누군가의 말에 휘둘리는 것을 극도로 싫어했고, 책사를 멀리하여 군사부를 설치하지도 않았다.

그 과정에서 라이튼 남작은 눈 밖에 났고, 절대 의견을 들어주지 않았다.

하나 지금 같은 위기 상황이 닥치니 자연히 그의 조언을 구할 수밖에 없었다.

"…주군께 외람되오나 현재 상황은 굉장히 좋지 않게 돌아가고 있습니다."

"알고 있다."

"실제로 적대하고 있는 곳은 윈스터 후작가지만 다른 두 가문도 모두 잠재적인 적이라고 생각하셔야 합니다. 이것은 부인할 수 없는 사실입니다."

"그것도 알고 있다. 방안은?"

"지금 상황에서 선택할 수 있는 방향은 많지 않습니다. 하지만 굳이 꼽으라면 이번 상황의 타개책은 황제에게 있다고 보고 있습니다."

"황제?"

헤셀 백작의 얼굴에 의아함이 서렸다.

제국의 황제 히드로 2세는 이미 힘을 잃은 허수아비 같은 존재였다.

그런 그에게 타개책이 있다는 사실이 의아하게 여겨졌다.

"예. 실권을 잃었다고 하나, 여전히 황제의 권위는 살아 있습니다. 레디븐 백작이 제멋대로 날뛰지 못하는 것도 황제의 권위를 자신이 휘두를 수 있는 수준이 아니라는 걸 알고 있어서입니다."

"계속 말해보도록."

"주군께서 황제 폐하께 입조하시는 것, 이것이 현재 상황을 타개할 수 있는 유일한 방법입니다."

"황제에게 입조라……."

히드로 2세가 암울한 상황이었던 시절, 그의 제안을 거절했던 자신이다.

그런데 지금 상황에서 뒤늦게 입조한다고 해서 받아들일까?

헤셀 백작의 머릿속에 몇 가지 생각이 스쳐 지나갔다가 이내 고개를 저었다.

"다른 방안은 없나?"

"죄송합니다."

"좋다, 그럼 그 방안을 심사숙고하도록 하지. 다른 의견들은 없나?"

헤셀 백작이 주변을 둘러보았지만 귀족들은 아무 말도 하지 못했다.

무능력함의 극치.

자신의 말을 잘 따르는 이들만 두었기에 발생한 폐해였다.

결국 헤셀 백작이 얻은 것은 아무것도 없었다.

티엘이 수련하는 연무장에는 모처럼 세 부인이 모두 모여 있었다.

직계 가족만 사용할 수 있는 비밀 연무장이기에 늘 티엘만 사용했지만 처음으로 부인들이 모두 모인 연무장에는 대화의 꽃이 피고 있었다.

조용히 자리에 앉아서 명상을 하던 티엘은 연무장에서 한참 동안 검을 휘두르다가 휴식을 취하고 있는 크레티아에게 다가갔다.

"체력은 어떻고?"

"전보다 부족하지만 많이 회복된 것 같아요, 하아!"

숨을 몰아쉬는 그녀의 얼굴로 땀 한 방울이 흘러내리고 있었다.

출산 후, 살찐 몸을 원래대로 돌리기 위해 검을 잡은 그녀였다. 그리고 티엘의 도움으로 비밀 연무장에서 검을 휘두르고는 했다.

그는 검로를 잡아주면서 그녀의 체중 감량에 큰 도움을 주고 있었다.

두 사람이 함께하는 시간이 많아지자, 티엘은 로웰린과 카롤리나에게도 검술을 교양으로 익힐 것을 권유했다.

처음에는 고민을 하였지만 크레티아와 함께 있는 시간이 길어지고, 검을 익히면 몸매 관리와 피부 관리에 탁월하다는 말에 결국 홀딱 넘어가고 말았다.

"어느 정도 수준에 올랐지만 익히고 있는 검술이 여자에게 맞지 않아."

"네, 저도 그건 알고 있어요. 아버지께서 여성 검술을 전수 겠다고 하셨지만 제가 거절했어요. 당시에 검을 진지하게 익힐 생각이 없었거든요."

"그렇군. 안 좋은 습관이 배어 있어서 교정하는 데 시간이 걸리겠어."

"같이 있는 시간이 길어지니 전 좋아요."

밝게 웃는 모습에 티엘도 미소를 지을 수 있었다. 그리고 초롱초롱한 눈으로 조언을 기다리는 로웰린과 카롤리나에게 고개를 돌렸다.

"음, 우선 로웰린은 기본 체력이 너무 부족해."

"…죄송해요."

운동과 전혀 가깝지 않은 로웰린은 검을 잡기는커녕 기초 체력부터 기르고 있는 상황이었다.

"하지만 나쁜 습관이 없고 이해도가 높아서 검술을 익히기 수월할 것 같군. 나쁘지 않은 상황이니 희망을 갖고 검을 수

런하도록 해."

"네!"

"그리고 카롤리나."

"네, 말씀하세요."

"의욕은 넘치지만 몸이 따라오지 못하는데. 너무 계산적이라서 그런 것 같은데."

"그, 그렇죠?"

검을 익힌 크레티아와 달리 두 여인은 평소 몸을 많이 쓰지 않기에 검을 수련함에 있어 기초 단계부터 쩔쩔 매고 있었다.

"의욕을 갖고 덤비는 건 나쁘지 않으니까. 저번에 말했던 것처럼 꾸준히 수련을 하면 젊은 외모를 지니게 되는 건 사실이야."

"정말이죠?"

카롤리나가 확답을 바라듯 티엘의 눈을 빤히 바라보았다. 오늘의 수련도 아름다운 미모를 오랫동안 간직할 수 있다는 티엘의 꼬드김 때문이었다.

"물론."

"믿어요!"

"날 보면 어느 정도 짐작이 가질 않나."

"맞아요, 처음에는 몰랐는데 자세히 살펴보면 피부가 매끈해요. 게다가 하얗기도 하고, 전혀 관리하지 않는 것 같은데

이 정도라니……."

"솔직히 우리보다 더 좋은 것 같아요."

로웰린과 크레티아가 수긍했다.

티엘의 나이는 이제 삼십으로 접어들고 있었지만 피부는 십 대의 그것처럼 뽀송뽀송함 그 자체였다.

그 이유가 무엇인지 그녀들은 오래전부터 궁금증을 가지고 있었다.

그런데 피부 관리 비결이 바로 검술이었다니!

충격이었고, 티엘의 말에 군말 없이 승낙을 했다.

넷이 둘러앉아 이야기를 주고받다 보니 어느새 식사 시간이 되었다.

"음, 다음에는 식사를 이곳으로 가져와야겠군."

격한 움직임으로 검을 수련한 뒤, 식사를 위해 이동해야 한다는 것이 굉장히 귀찮은 일이었다.

그 말을 기다린 듯 여인들의 호응이 곳곳에서 터져 나왔다.

"나쁘지 않은 것 같아요."

"소풍을 온 느낌이니 좋아요!"

"맛있는 음식 잔뜩 싸올게요."

의욕에 넘치는 그녀들을 보며 티엘은 한 가지 의문이 들어 질문을 했다.

"직접 준비하는 건가?"

"……."

무거운 침묵이 자리를 지배했다.

즐거웠던 자리에 무거운 침묵이 가라앉았고, 여인들의 표정이 하나같이 심각해졌다.

문득 티엘은 장난기가 드는 것을 느끼고는 입가에 묘한 미소를 지으며 그녀들과 눈을 마주쳤다.

하지만 무서운 것이라도 본 것처럼 흠칫거리며 다들 티엘의 눈을 피했다.

"그러고 보니 요리 실력이 어느 정도인지 궁금한데, 한번 견식해 보는 것도 나쁘지 않겠지?"

"네? 요, 요리를요?"

"로웰린은 요리를 못하나?"

"무, 물론 잘해요. 하지 않아서 그렇지, 하면 후작님을 만족시킬 자신이 있어요."

자신감 넘치는 음성으로 대답을 했지만 로웰린의 얼굴에는 굵은 땀방울이 흘러내리고 있었다.

누가 봐도 거짓말임을 알 수 있었다.

그것을 보지 못한 척 가볍게 고개를 끄덕인 티엘이 카롤리나를 바라보았다.

"카롤리나는?"

"저, 저는 상행을 하느라 요리를 배우지 못했어요. 하지만 만들면 잘할 수 있어요! 정말이에요!"

"그럼 기대하지."

"으윽."

"크레티아는?"

"저, 저는 잘지도 않고 못하지도 않고…….."

웅얼거리며 말을 하지만 무슨 뜻인지 이해하는 것은 불가능했다.

"그럼 내일은 로웰린이 준비하고, 모레는 카롤리나가, 그다음은 크레티아가 준비하면 되겠군."

"네……."

모두 표정이 좋지 않았지만 요리를 못하는 걸 들킬까 싶어 수락하는 모습을 보였다.

하지만 티엘은 모르고 있었다.

자신의 행동이 마왕을 안방으로 불러들인 격이라는 것을.

그것을 깨닫는 데에는 하루란 시간이 걸렸다.

가문의 일에서 손을 뗀 티엘은 하루에 대여섯 건의 서류만 살펴보면 업무가 끝난다. 그가 직접 결재하는 것은 가문의 방향을 가늠하는 것인데, 많을 때는 열 개가 넘는 서류가 오지만 처리하는 데는 한 시간도 걸리지 않았다.

대부분 집무실에서 업무를 끝낼 수 있지만 오늘은 달랐다.

오랫동안 방문하지 않던 군사부에 들르면서 이질감을 느꼈다.

"갑자기 부르니 의외로군."

"오셨습니까, 주군."

"아, 오랜만이군. 제이론."

"예."

"딸을 얻었다고 하던데, 이름이 세이라였던가?"

"예, 그렇습니다. 기억해 주실 줄 몰랐습니다. 감사합니다."

놀란 제이론의 표정에 티엘은 피식 웃어 보일 뿐이었다.

"지나가다 들은 거니 과민반응 말도록. 그런데 왜 나를 청한 거지, 토릭슨?"

군사부는 토릭슨과 제이론, 클리멘트 남작이 자리하고 있었다.

"갑작스럽게 청하게 되어 죄송합니다."

자리에서 일어난 토릭슨이 정중하게 예를 취한 뒤, 본격적인 용건을 꺼내들었다.

"주군을 청한 것은 허락을 받고 싶은 일이 있어서입니다."

"말하도록."

"헤셀 백작가를 공략하려고 합니다."

"헤셀 백작가를?"

"예, 지금이 헤셀 백작가를 공격할 절호의 기회라 생각하고 있습니다."

"이야기하도록."

만약 다른 곳을 공략하자는 이야기였다면 바로 찬성을 했을 테지만 토릭슨과 헤셀 백작가는 악연으로 얽혀 있었다.

바로 토릭슨의 가문인 에조 가문이 헤셀 백작에 의해 멸문한 것이다.

티엘이 그를 데려오면서 한 약속도 복수를 할 수 있도록 도와준다는 것이었다.

하지만 모든 것은 자연스럽게 돌아가는 상황 속에서 만들어지는 것이지, 복수심을 위해 억지로 군을 동원할 생각은 없었다.

"현재 헤셀 백작가는 주군에 의해 바람 앞 촛불처럼 위태로운 상황에 처하게 되었습니다. 지금 공격을 감행하면 노이안 지방을 손에 넣을 수 있습니다."

"노이안 지방을 손에 넣는 것은 그다음이다. 그곳을 손에 넣으면 방어해야 할 곳이 지나치게 길어지는 것을 알 텐데?"

헤인조에서 아이주 지방까지 이어지는 방어선은 수군으로 커버할 수 있지만 노이안 지방은 사방이 트인 평야지대이기에 방어하기 굉장히 까다로운 곳이다. 뿐만 아니라 그곳은 제국 내에서 손에 꼽히는 곡창지대이기에 다른 가문에서 순순히 지켜볼 가능성도 적었다.

"물론 그 사실을 알고 있습니다. 하지만 노이안 지방은 그만한 위험을 감수해도 될 만큼 큰 가치를 지닌 곳입니다. 그래서 저는 위험을 최소화하고자 레디븐 백작가와 연계를 추진하고자 합니다."

"노이안 지방과 세이주 지방을 나눠먹는다는 뜻이군."

"그렇습니다."

세이주 지방도 곡창지대를 끼고 있고, 방어에 용이한 지형을 지니고 있다. 각각 하나의 지방을 차지할 수 있다면 남는 장사였지만 티엘의 반응은 시큰둥했다.

"나쁘지는 않다. 하지만 그것이 가문에 어떤 이익을 가져다주는 것이지?"

"바로 영광의 반석을 닦을 수 있습니다."

"지금은 아니란 뜻인가?"

"분명 지금 본가의 힘은 대단합니다. 하지만 외람된 말이오나 저는 이 영광이 천년만년 이어질 거라 생각하지 않습니다. 만약 주군이 계시지 않는다면 본가의 힘은 절반 이상을 상실하게 됩니다."

"형님!"

"에조 남작, 말을 적당히 하십시오."

수위를 넘은 말에 제이론과 클리멘트 남작이 깜짝 놀라 그를 제지했다.

하지만 정작 당사자인 티엘은 개의치 않는 표정으로 고개를 끄덕였다.

"틀린 말은 아니로군."

"예, 저는 본가가 이제 현재가 아닌 미래에 대비해야 한다고 생각하게 되었습니다. 그 일환으로 노이안 지방을 손에 넣어야 한다고 생각합니다."

"인구인가?"

"예. 노이안 지방은 헤인조 지방과 아이주 지방 전체 인구를 합친 것보다 많은 사람이 거주하고 있습니다. 그곳을 손에 넣으면 가문의 자생력이 크게 상승할 것입니다."

"틀린 말은 아니다. 현재보다 미래를 준비하자는 뜻이니."

"그럼……."

"하지만 그것만으로는 부족하다. 현재 헤인조 남쪽 지방이 개척되었고, 시간이 흐르면 소수 민족과 사막 부족도 흡수할 수 있다. 인구 문제는 자연스럽게 해결될 문제다. 그것만으로는 노이안 지방을 차지하기 위한 당위성이 부족하다."

지키기 부담스러운 노이안 지방은 단지 식량 소출 창고로 사용하기에는 출혈이 큰 곳이다.

이곳을 효율적으로 방어하기 위해서는 세이주 지방과 레디븐 백작령을 모두 점령해야 했다.

물론 티엘의 존재감과 적절한 외교를 발휘하면 큰 부담이 가지 않지만 토릭슨이 미래를 이야기한 것처럼 티엘도 미래를 이야기한 것이다.

"주군! 저는 더 이상 본가가 가문으로 안주하는 것을 볼 수 없습니다."

"안주하는 게 싫다면?"

"저는 로운 후작가를 로운 왕가로 만들고자 합니다."

"……."

토릭슨의 선언에 군사부는 싸늘한 침묵이 지배해 나갔다.

자연히 제이론과 클리멘트 남작의 시선도 티엘에게 향했다.

왕가로 향하는 것.

그것은 군사부와 암묵적인 합의가 되어 있으며, 그들이 바라는 방향이었다.

티엘은 미소를 지었다. 하지만 그것이 긍정의 미소인지 부정의 미소인지 알 수 없었다.

"왕가라, 황실을 모독하는 발언이로군."

"주군께서는 야망이 없으십니까?"

"야망을 가진 자들의 최후는 좋지 못했지. 난 무언가를 짊어져야 한다는 사실이 귀찮을 뿐이다."

"그것은 능력이 없는 자들입니다. 주군께서는 그만한 능력을 지니고 계십니다."

"무슨 말을 하려고 하는지 알고 있다. 그리고 나를 설득하고 싶겠지. 내가 조용히 물러나 있는 것 자체가 납득하기 힘들 테니."

"…솔직히 주군이 물러나 계신 것이 이해하기 힘듭니다."

"알고 있다. 힘을 가진 자들 대부분이 야망을 가지고 일을 도모했으니까."

그 말과 함께 티엘의 머릿속으로 떠올린 것은 전생의 자신이었다.

단지 검에 미쳐 있었고, 아무런 야망도 없었기에 모든 것을 내주었다.

그 결과는 결코 좋지 않았다. 그래서 지금 소홀했던 가족들의 행복을 위해 얼마간 노력을 기울이는 것 아닌가.

다만 야망이 없을 뿐이다.

"그래도 주도권을 쥐는 것이 중요하다는 것은 알고 있다. 지금 왕가를 칭하는 것은 모든 영주를 적으로 돌리는 행동이라는 것은 알고 있을 터."

"물론입니다. 거기까지 바라는 것이 아닙니다. 단지 주군의 의중을……."

"난 너에게 능력을 펼쳐 보일 장을 마련했다. 그리고 능력을 입증하는 것은 너희 스스로다. 내가 더 이상 이 제국을 향해 능력을 발휘해야 하나?"

싸늘하게 가라앉은 티엘의 목소리가 군사부를 울리는 순간, 세 명은 숨이 턱 막혀오는 것을 느꼈다. 그것은 기세를 발산하는 것이 아닌 티엘 그 자체가 지닌 존재감이었다.

세 군사 모두 힘들어하는 기색이 역력했지만 주저앉는 모습은 보이지 않았다. 존재감을 지우는 순간, 깊은 한숨이 장내를 울렸다.

"이 정도 기백이면 일을 벌일 수 있겠군."

비웃음 비슷한 한마디였지만 그 누구도 반박할 수 없었다.

티엘의 시선이 토릭슨에게 향했다.

"나는 너희의 재능을 펼칠 장을 만들어준다. 왕가니 황가니 중요한 것이 아니다. 나는 내 스스로의 의지만으로 움직이니까."

그제야 토릭슨은 티엘의 말이 무엇을 의미하는지 알아차렸다.

노이안 지방을 차지하는 것이 문제가 아니라 자신의 뜻대로 티엘을 움직이려 한 것에 대한 벌이었다.

그것은 비단 그뿐만 아니라 제이론과 클리멘트 남작 모두에게 통용되는 것이다.

"내가 직접 움직이고, 반대하는 것이 아니면 너희가 움직이도록. 노이안 지방을 차지해도 좋고, 세이주 지방까지 차지해도 좋다. 명심해야 할 것은 너희의 야망에 날 맞추려 하지 마라."

그 말을 끝으로 티엘은 몸을 돌려 군사부를 벗어났다.

그때까지 아무 말도 하지 못하던 토릭슨이 길게 한숨을 내쉬었다.

"죽을 뻔했군."

"…주군의 그릇을 멋대로 속단하려고 했으니 죽어도 싼 것 아닙니까."

"그런가, 그렇군. 명분과 복수를 동시에 취하겠다는 생각이 그런 우를 범하게 되었군. 나는 아직도 멀었나."

"형님의 생각은 틀리지 않습니다. 노이안 지방을 차지하는 것은 명분과 실리를 동시에 챙기는 일입니다. 단지 그 틀에 주군을 끼워 넣는 것이 지적을 받을 만한 유일한 실책이었습니다."

"하긴, 내가 주제넘었지."

쓴웃음을 지으며 수긍하는 토릭슨이었지만 두 눈은 형형하게 빛나고 있었다.

티엘이 바래다 준 뒤, 클레디오 백작은 죽은 듯 누워 미동도 보이지 않았다.

카르딘 남작과 하멜 남작이 그의 몸을 회복시키고자 백방 수소문을 하고 있지만 깊은 수면 아래 가라앉은 의식은 떠오르지 않았다.

"대체 주군이 왜 저렇게 되신 거냐?"

"나도 모른다. 알고 있다면 로운 후작만이 사실을 알고 있겠지."

"로운 후작? 그럼 로운 후작을 불러와야 하는 것 아니냐."

"그게 쉽지 않으니 지금 문제가 되는 거겠지."

"뭐가 쉽지 않다는 거냐!"

하멜 백작은 당장이라도 달려가 티엘을 붙잡아 올 기세였다. 하지만 어디까지나 꿈에 불과할 뿐, 카르딘 남작은 냉정한 표정으로 고개를 저어 보였다.

"로운 후작이 호락호락한 인물은 아니지. 그렇다고 가벼운 인물도 아니고."

"그럼 이대로 지켜보자는 거냐!"

"로운 후작은 주군께서 스스로 극복할 문제라고 하셨다. 여태까지 누구도 손을 대지 못한 것을 보면 그 말이 맞을 가능성이 높다고 느꼈을 뿐."

"그래도 네놈이!"

"진실을 거부하고 끝을 향해 가려는가? 그럼 나부터 넘어야 할 것이다."

서로 바라보는 시선이 냉막하게 가라앉았다.

하멜 백작은 이 상황에서도 침착한 카르딘 남작이 답답했고 열이 받았다. 주군이 정신을 차리지 못하는 상황이면 발을 벗고 나서야 하는데 오히려 침착하라고 다독이는 꼴이라니! 절대 용납할 수 없다는 생각이 머릿속을 가득 지배하면서 날카로운 기세가 발산되었다.

"냉정해라, 우리가 자멸하면 주변이 어떻게 나올지 모르는 건가?"

"생각해 본 적 없다."

"위클린 공작, 레디븐 백작이 노리고 있고 로운 후작, 아스트롱 공작이 있다. 네놈의 행동은 우리의 멸망을 앞당길 뿐이야."

"생각해 본 적 없다고 했다!"

"좋아, 그럼 이렇게 타협하지. 로운 후작에게 사절을 보내겠다. 그리고 주군에 대한 상황을 물어보는 거다. 이 정도면 되겠지?"

"내가 직접 가겠다."

"네가 가서 판을 망치려고?"

"너는 내가 그곳에 가서 자리를 망칠 것으로 보이냐?"

"충분히 그럴 것 같은데."

클레디오 백작의 안위 앞에서는 물불을 가리지 않는 하멜 백작이었다. 일말의 협상마저도 거절하는 그를 보며 카르딘 남작은 항복 선언을 했다.

"후! 그럼 내가 다녀오마."

"네가 다녀오면 믿을 수 있지."

"대신 약속해라. 주군에게 다른 현상이 벌어지지 않으면 허튼짓을 하지 않기로."

"물론이다. 확실한 길을 두고 다른 곳으로 돌아갈 생각은 없다."

"기다리지."

무대포로 밀어붙인 하멜 남작이었지만 지금 자신들 상황에서는 다른 대안이 없었다.

'그래, 모든 것은 주군을 위해서다.'

티엘은 아들의 이름을 레이든이라 지었다.

주변의 관심 속에서 태어난 아기는 극진한 보호를 받으며 자라났다. 처음 얻은 자식의 존재는 무뚝뚝하던 티엘의 방어를 허물기에 충분했다.

시간이 나면 찾아가서 보곤 했고, 머리를 쓰다듬어 주거나, 건강 상태를 살피는 등 극진히 보살폈다.

그리고 레이든이 태어난 지 백 일이 될 무렵, 티엘은 크레티아를 불렀다.

"내가 가문에 공표한 사실을 알고 있을 거다."

"네, 그것이 후작님의 뜻이라면 저는 반대할 생각이 없어요."

"우선 승낙해 줘서 고맙다. 하지만 가문을 둘러싼 모든 것을 고려하면 내 결정이 최선이라고 생각한다."

"저도 맞다고 생각해요."

티엘이 말하는 것은 가문의 후계 구도를 둘러싼 부분이었다.

"나는 공평하게 기회를 주겠다고 했지만 먼저 태어나서 잡은 기회를 놓치게 할 생각은 없다. 그리고 내 아들인 점도 유리하게 작용하겠지."

"레이든에게 뭔가를 하시려고요?"

"내 아들이니 어느 정도 재능을 타고 태어났지. 하지만 아무리 뛰어나다고 해도 내 나이에 나와 같은 경지에 오르는 것은 불가능한 일이다."

지금 티엘의 경지도 전생이라는 경험이 존재하기에 오를 수 있는 것이었다. 레이든이 뛰어난 재능을 타고나도 늘 아버지인 자신과 비교되면서 자라날 가능성이 높았다.

그 소리에서 최대한 자유롭게 만들고자 이 자리를 마련한 것이다.

"나는 레이든의 재능을 끌어 올릴 생각이다. 그리고 그것은 어머니인 네 결정이 맡긴다."

"제게요?"

"레이든은 내 아들이지만 네 아들이기도 하다. 자식에 관한 일이니 두 사람이 모두 찬성을 해야 일을 진행할 수 있겠지. 그 부분에 대해서 네 생각을 듣고 싶다."

"위험한 건가요?"

"확률은 언제나 반반이다. 다만 그렇게 위험하지 않다고 말하고 싶군."

"구체적으로 어떤 건데 그래요?"

"나는 레이든의 호흡을 인위적으로 이끌어서 마나 연공법을 익히도록 할 생각이다."

"그, 그게 가능한 일인가요?"

크레티아는 깜짝 놀랐다. 검의 성취는 높지 않지만 이제 백일 된 아이가 마나 연공법을 익힌다면 그 여파는 상상을 초월할 것임이 분명했다.

"자연스럽게 숨 쉬는 것을 유도한다면 상상도 못할 만큼 큰 발전을 이룰 수 있겠지."

"그런 게 가능할 줄은."

"단번에 익히는 것은 어려워. 여러 차례 인도를 해줘야 하니 이것을 할 수 있는 이들은 거의 없지."

"그럼 부탁드릴게요!"

"찬성한 건가?"

"네!"

"그럼 준비가 끝나는 대로 시작하지."

레이든의 마나 연공법 습득은 가문의 미래를 위한 준비이기도 했다. 자식들에게 공평한 기회를 주겠다고 했지만 가장 먼저 태어나서 재능을 갈고 닦으면 많은 것을 보여줄 기회가 늘어나게 마련이다.

티엘은 레이든에게 마나 연공법을 습득시킴으로써 보다 빠르게 재능을 발휘할 수 있는 장을 마련해 주고자 했다.

티엘에게 따끔한 소리를 들은 토릭슨은 책사들과 함께 헤셀 백작가의 공략 작전을 들고 찾아왔다.

서류를 살핀 그는 긴장한 기색이 역력한 토릭슨을 보며 말했다.

"총사령관을 고메즈 백작으로 삼은 이유는?"

절대강자의 반열에 올라선 마블론은 티엘에 의해 백작의 작위를 수여받았다. 가문 내에서 그가 절대강자에 올라선 것을 아는 이는 채 몇이 되지 않았다.

"절대적인 힘을 바탕으로 헤셀 백작가의 기를 꺾어놓을 생각입니다."

"단순히 그 이유만이 아닌 것 같은데."

"예. 주군께서 말씀하신 대로 고메즈 백작님의 출전은 헤셸 백작가에게만 전하는 것이 아니라, 윈스터 후작가와 레디 븐 백작가를 향한 무언의 경고가 될 것입니다."

만약 세 가문에서 헤셸 백작가를 멸망시키면 그다음은 점령지를 차지하기 위한 다툼이 벌어질 것이다. 그리 되면 사적으로 알고 지내는 두 가문이 힘을 합쳐 칼을 거꾸로 돌릴 수도 있었다.

토릭슨은 이 가능성을 염두에 두고 가문의 숨은 검이라 할 수 있는 마블론을 등장시켜 단숨에 기선을 제압하고자 하는 것이다.

"전에 말했던 것처럼 중간에 그만두는 어처구니없는 짓은 용납하지 않는다. 무슨 말인지 알고 있겠지?"

"예."

"그럼 믿어보지. 고메즈 백작에게도 사실을 전하도록 하겠다."

"믿어주셔서 감사합니다, 주군! 확실한 성과로 기대에 부응하겠습니다."

"그랬으면 좋겠군."

헤셸 백작가를 점령하기 위해 동원되는 군의 규모는 무려 오만.

가문의 주축 전력을 동원해야 하는 사안이었지만 티엘은 개의치 않는 기색이었다.

그것은 토릭슨을 향한 믿음이었고, 자신감을 불어넣어 주었다.

카르딘 남작의 방문은 갑작스럽게 이어졌다.

클레디오 백작의 오른팔이라 알려진 그의 방문은 소란을 일으키기에 충분했다.

특히 현재 클레디오 백작이 외부 활동을 일체하지 않기에 어떤 의도를 가지고 찾아온 것인지 의견이 분분했다.

티엘은 그가 찾아온 이유가 무엇인지 알고 있었다. 시간을 오래 끌지 않고 받아들이니, 예를 취하면서 사과부터 했다.

"갑자기 찾아와서 죄송합니다."

"죄송할 것 없다. 이렇게 찾아왔다는 것은 클레디오 백작이 아직 정신을 차리지 못했다는 뜻이겠지."

"예. 후작님께서 알고 계신 것이 있는지 조언을 구하고자 찾아오게 되었습니다."

"조언이라……."

티엘은 카르딘 남작을 바라보며 중얼거렸다. 클레디오 백작의 수족인 그는 뛰어난 실력과 지능을 지닌 인물이었다. 이런 부하가 있다면 좀 더 편하게 가문을 다스릴 수 있을 테지만 이미 다른 주군을 섬기는 인물이었다.

'아쉽지만 별수 없지.'

충성심까지 공고하니 손을 쓸 여지는 없었다.

"저번에 말했던 걸 기억하나?"

"예."

"그 말 그대로다. 클레디오 백작의 정신은 현재 깊숙한 수면 아래 가라앉은 상태다."

"그게 무슨 뜻인지 잘 모르겠습니다. 백방 수소문을 해봤지만 주군을 고칠 수 있는 사람은 나타나지 않았습니다. 부탁드리겠습니다. 주군을 고칠 수 있는 방법을 가르쳐 주십시오."

"클레디오 백작은 손대지 말아야 할 힘에 넘어갔다."

"손대지 말아야 할 힘?"

티엘의 입가에 묘한 미소가 걸렸다. 그것을 본 카르딘 남작은 걷잡을 수 없는 불길함을 느꼈다.

"클레디오 백작이 단순히 천재라서 그 나이에 그 정도 무위를 얻었다고 생각하나?"

"…다른 방법이 존재했다는 이야기입니까?"

"생각하기 나름이겠지."

싸늘하게 가라앉은 카르딘 남작의 목소리에 개의치 않고 티엘은 미소를 지어 보였다.

그것이 오히려 불안감에 불을 지피는 행위였다.

"자세히 듣고 싶습니다."

"유감스럽지만 들을 자격이 되지 않는다. 한 가지 분명한 것은 클레디오 백작이 소생할 가능성이 있다면 스스로 자정 작용을 하고 있을 것이다."

"결국 주군에게 모든 것을 맡겨야 한다는 말씀입니까?"

"그렇게 되는군."

"한 가지, 한 가지만 듣고 싶습니다."

"말해라."

"주군은 깨어날 수 있습니까?"

그것은 간절한 바람이기도 했다.

진실 여부와 상관없이 티엘의 말에 안도를 얻으려는 그런 행동.

부질없는 것이지만 일말의 희망을 갖게 만들기 위해서는 반드시 필요한 것이기도 했다.

티엘의 입꼬리가 말아 올라갔다.

"나는 가능성이 매우 높다고 생각한다."

"감사합니다."

지금 카르딘 남작에게 있어 그 한마디만으로 충분했다.

"부르셨습니까."

카르딘 남작을 물린 뒤, 티엘은 마블론과 함께 자리를 마련했다.

절대강자의 반열에 올라선 뒤, 티엘에게서 하늘 위 하늘을 본 그는 수련에 몰두하면서 더 높은 경지를 향한 갈증을 키워 나갔다.

하지만 고인 물은 썩는 법.

그동안 증진시킨 실력을 세상에 보여야 할 기회가 필요하다고 생각했고, 혜셀 백작의 공격은 나쁘지 않은 선택이었다.

예를 취하고 자리에 앉은 그를 보며 말문을 열었다.

"혜셀 백작을 공격할 것이다."

"예, 토릭슨 책사에게 전해 들었습니다."

"그럼 그곳의 사령관으로 갈 것도 알고 있겠군."

"제 역할이 중요하다는 것도 알고 있습니다. 따로 하명하실 것이 있으신지?"

"이미 알고 있다면 말할 내용은 없다. 단 한 가지만 명심할 것은, 이번 전쟁에서 군의 지휘보다 본인의 무위를 발휘하는 데 초점을 두도록."

자세를 바로 한 마블론이 의아함이 담긴 목소리로 물었다.

"이유를 물어봐도 되겠습니까?"

"가장 좋은 방법은 비슷한 실력자와 검을 겨루는 것이지만 그것은 힘들 테니 전장에서 스스로 위험을 자초해 보라는 뜻이다. 그럼 절대강자의 반열에 올라선 힘이 얼마나 대단한지 깨닫게 되겠지."

"으음. 무슨 말씀이신지 알겠습니다."

절대강자의 경지에 올라섰을 뿐, 아직 그 힘을 온전히 발휘한 적 없는 마블론은 이번 기회에 자신의 역량을 정확하게 파악하라는 말로 알아들을 수 있었다.

"또 다른 절대강자가 등장했으면 좋겠지만, 힘들겠지."

"제국에 다른 절대강자가 있습니까?"

"대외적으로 알려진 것만 보면 클레디오 백작과 하브리스 공작, 그리고 나겠지."

"예, 그렇게 알고 있습니다."

현재 제국은 세 명의 절대강자를 보유하고 있으며, 내부에서 치열한 암투가 벌어지고 있지만 그 힘은 제국 역사상 최강이라 불릴 만큼 강력했다.

"거기에 한 명이 더 있다. 황제를 보필하는 말 잘 듣는 충견이지."

"누구입니까?"

"카본 대공이다."

"카본 대공이 절대강자?"

"숨겨진 인물이기에 모를 수도 있겠지. 카본 대공이 절대강자고, 아주 호전적인 인물이다. 하지만 그가 헤셀 백작 공격에 참가하지는 않겠지."

"카본 대공이 절대강자라니, 상황이 재미있게 흘러가는 것 같습니다."

"그렇게 생각하니 좋군. 넘어야 할 자들이 많으니 확실하게 정리하도록."

"알겠습니다."

마블론의 두 눈에 굳은 의지가 서렸다.

제4장

드래곤 소드

카본 대공이 황실의 권위를 강화하기 위해 가장 먼저 행동으로 옮긴 것이 바로 하브리스 공작의 강화였다. 평생 동안 황실을 위해 충성해 온 그는 온전히 복구된 정령의 힘을 줄 자격이 있는 인물이었다.

"정령의 속성이 정해지는 것은 네가 타고난 것에 따라 달라질 것이다."

"속성이라, 다섯 속성 중 어느 것도 친한 것이 없는데."

"과거에는 다섯 속성에 국한되지 않고 다양한 속성이 존재했다고 하더군. 그러니 걱정하지 마라. 네게 부합하는 속성이 모습을 드러낼 테니."

"알았다."

이미 하브리스 공작의 팔과 다리에는 마법진이 새겨져 있었고, 가장 중요한 마나 홀에도 마법진을 새겨 넣었다.

이제 남은 것은 정령을 소환하는 것뿐.

그에 반응하고 나타난 정령과 계약을 맺고, 체내에 쌓은 마나를 온전히 정령력으로 바꾸면 된다.

"시작할까?"

"음! 시작해라."

"좋아."

우웅! 우우웅!

카본 대공의 인도에 따라 마나가 요동치기 시작했다. 그의 마법진 발동에 하브리스 공작의 몸에 새겨진 다섯 개의 마법진이 일제히 빛을 발하기 시작했다.

"크윽!"

"참아라, 마법진이 네 몸과 정령계를 연결해 주는 과정이니까."

카본 대공의 말이 들렸지만 살이 타들어가는 고통에 하브리스 공작이 미간을 찌푸렸다.

마법진은 빠른 속도로 하브리스 공작의 몸을 파고들었다. 그리고 더 이상 빛을 발하지 않을 무렵, 마법진은 체내로 완전히 스며들었다.

"이건……."

퍼벙! 펑! 퍼버벙!

내부에서 강렬한 폭음이 연이어 울려 퍼지면서 하브리스 공작의 몸이 들썩이게 만들었다.

"얼마나 강한 정령이기에 이러는 건가?"

카본 대공은 아직까지 실체를 드러내지 않는 정령의 존재에 몸을 가늘게 떨었다.

정령의 존재감이 클수록 마법진의 힘으로 현현하는 속도가 느려진다.

아직까지 등장하지 않았다는 것은 그만큼 존재감이 크다는 뜻이다.

파아앗!

그와 동시에 하브리스 공작의 몸이 찬란한 빛에 휩싸였다.

"빛의 정령!"

경악한 카본 대공이 두 눈을 부릅떴다.

가장 많은 사람이 지녔고, 가장 많이 등장하던 오대 속성의 정령이 아닌 희귀에 속하는 속성이 모습을 드러낸 것이다.

"하긴, 저 녀석 정도의 성품이라면 빛의 정령이 소환되어도 이상하지 않지."

어둠 한 점 없는 순수한 빛은 다른 이들이 엄두도 낼 수 없는 꿈의 정령이다.

"대단하군."

이 자리에서 빛의 정령이 현현할 줄은.

빛에 휩싸인 하브리스 공작의 기세가 점점 더 강해지고 있었다.

처음에는 극심한 고통에 휩싸였던 하브리스 공작은 차츰 마음이 안정되는 것이 느껴졌다. 내부에서 조금씩 번져 나가는 정령의 존재감이 이루 헤아릴 수 없는 충만함으로 다가왔다.

"이것이……."

왜 카본 대공이 그토록 자신감을 보였는지, 힘의 절반도 발휘하지 않았다는 것을 알게 되었다.

정령의 힘은 마나보다 훨씬 순수하고 강렬했다.

특히 빛의 충만함은 이 세상 어디에도 영향력을 발휘할 수 있을 것처럼 강한 자신감을 동반했다.

"끝났냐?"

"끝난 것 같다."

툭툭 엉덩이를 털어낸 하브리스 공작이 자리에서 일어났다. 담담하기 그지없는 그의 음성은 조금 전 빛의 정령을 소환한 거라 보기 힘들 만큼 평소 그대로였다.

"어떤 것 같지?"

"어떻게 보이나?"

"빛의 정령은 결코 아무나 소환할 수 있는 정령이 아니다. 그 누구보다 순수하고 맑은 감정을 지니고 있어야 소환이 되는 정령이지. 그 정령의 힘은 모든 정령 중 최상위에 속한다."

"그 정도인가."

주먹을 움켜쥔 하브리스 공작은 온몸에 힘이 넘쳐나는 것을 느끼며 미소를 지었다.

그 누구에게도 지지 않을 것 같은 자신감이 생겼다. 까마득하게 보이던 로운 후작도, 클레디오 백작도, 빛의 정령과 함께라면 뛰어넘을 수 있을 것 같았다.

"아직은 아니다."

"자신감을 갖기에는 시기가 아니지."

"우선 힘을 활용할 수 있는 방법을 터득해야 한다. 쉬운 일이 아니니 각오해라."

"그러지."

새로운 것에 도전한다는 것.

자신에게는 전혀 해당하지 않는 사실인 줄 알았지만 지금은 그 위치에 서게 되었다.

그 느낌은?

"나쁘지 않군."

매우 좋았다.

티엘과 헤셀 백작가의 대군이 격돌한 평야.

평소라면 곡식이 빼곡히 자라나고 있을 시기였지만 수천 명이 넘는 목숨이 사라진 이곳은 적막감이 감돌고 있었다.

치열했던 격전의 흔적은 사라져 있었지만 수많은 생명이 사라진 여파는 고스란히 존재했다.

이곳은 얼마 전부터 기이한 현상이 발생하고 있었다.

이따금 이명이 울려 퍼지면서 공간이 어그러지기 시작했던 것.

뿐만 아니라 강렬한 마나 폭풍이 휘몰아치면서 주변의 마나를 어그러뜨렸다.

이곳에 살던 백성들은 로운 후작의 저주라고 하면서 일찌감치 이주를 감행했고, 지금은 인적이라곤 찾을 수 없는 폐촌이 되어 있었다.

키잉!

균열음이 울려 퍼지면서 공간이 일그러졌다. 그리고 다시 본래 형태로 돌아왔다.

키잉! 키이잉!

그리고 다시 공간이 어그러지면서 요란한 소리가 울려 퍼졌다.

그렇게 공간이 일그러지고, 원래대로 돌아오기를 여러 차례 반복했다.

공간의 한 축이 완벽하게 일그러지는 순간, 변화가 일어났다.

쩌어엉!

구멍이 뻥 뚫린 공간은 마치 풍선이 터지는 모습과 함께 무저갱처럼 검은 속살을 드러냈다. 모든 것을 빨아들이는 그것은 음울한 느낌을 자아내는 어둠의 기운을 발산하고 있었다.

공간의 균열이 점점 크기를 줄여 나가다 소멸하려는 순간, 검은 공간 너머로 팔 하나가 걸쳐졌다.

턱!

작아지는 공간의 틈을 비집고 나오는 한 인영이 있었다. 처음에는 팔 하나였지만 그다음은 반대쪽 팔이, 그리고 머리가 모습을 드러냈고, 상체를 내민 뒤 힘을 주어 하체까지 모두 넘어오는 데 성공할 수 있었다.

검은 인영은 한동안 자리에 쓰러져 거칠게 숨을 몰아쉬었다. 그리고 어느 정도 호흡을 골랐을 때, 어둠이 내려앉은 세상을 바라보며 중얼거렸다.

"후욱! 후우! 이곳이 중간계인가."

자리에서 일어난 그는 실로 기이한 기운을 발산하고 있었다.

남자인지 여자인지 분간이 가지 않는 이질적인 외모를 지니고 있었으며, 머리와 눈동자가 모두 검은색이었다. 거기에 그치지 않고 가녀린 몸의 형태는 그러한 혼란을 한층 가중시키고 있었다.

공기를 한껏 들이켠 그는 입가에 짙은 미소를 지으며 중얼거렸다.

"마계보다 좋군. 척박하지 않고 마나량도 풍부해. 아주 좋아. 우선은 소실된 힘을 회복하는 것이 먼저겠지."

스으웃!

그의 주변으로 검은 기운이 일렁이며 주변으로 퍼져 나갔다. 그리고 전신을 휘감더니 이내 빛을 빨아들이는 검은 갑주로 변해 있었다.

"그럼 우리의 키(Key)는 어디에 있으려나."

마치 장난처럼 중얼거린 그의 입가가 짙은 호선을 그렸다.

파앗!

표홀한 몸놀림으로 날아오른 그의 몸은 단숨에 나무가 우거진 숲으로 향했다.

조금 전까지 균열을 일으키던 공간 현상은 어디에도 찾아볼 수 없었다.

마블론이 총사령관으로 임명되어 헤셀 백작을 공격하기

위한 오만 대군이 출전했다. 오래전부터 갈등을 겪어온 헤셀 백작을 토벌하기 위함이란 명분은 허울에 지나지 않지만, 티엘이 가져다주는 존재감은 병사들의 사기를 하늘 높이 치솟게 만들었다.

이런 로운 후작가의 움직임은 헤셀 백작에게 있어 청천벽력과도 같았다.

절대 마주하고 싶지 않았던 로운 후작이 움직임으로써 북쪽에서, 서쪽에서 강력한 적들이 차례대로 군을 이동시키기 시작한 것이다.

강을 건너 단숨에 노이안 지방으로 진격하고 있는 상황인 만큼 헤셀 백작은 급히 오만의 대응군을 집결시켜 요격에 나섰다.

이 사실을 접한 레디븐 백작은 휘하 가신들과 의견을 교환했다.

"이번 로운 후작가의 움직임을 어떻게 보고 있지?"

생각하던 바가 있는 듯, 제이안이 곧장 자신의 의견을 제시했다.

"신은 로운 후작의 의견이 배제된 것이라 보고 있습니다."

"배제되었다고?"

"예."

"현재 로운 후작이 가문의 일에 간섭하지 않는 것을 사실로 여기는 건가?"

"주군께서도 그렇게 보고 계시지 않습니까? 로운 후작은 권력에 큰 관심이 없습니다."

"권력에 관심이 없지만 헤셀 백작을 공격하는 것은 모순된 말인데."

레디븐 백작이 느끼는 의문은 당연했고, 이 자리에 있는 다른 이들도 비슷한 생각이었다.

제이안은 그 사실을 알고 있는 듯 입가에 옅은 미소를 지어 보였다.

"이번 전쟁은 로운 후작의 의견보다 휘하 책사의 입김이 작용했을 것입니다."

"휘하 책사 중 누구를 말하는 거지?"

"에조 남작입니다."

"성향상 그가 가장 어울리기는 하지만 단독으로 일을 벌일 수 있나?"

"평소라면 불가능할 것입니다. 하지만 개인적인 원한이 들어가면 이야기는 달라집니다."

"개인적인 원한? 에조 남작, 그러고 보니 에조라는 성이 낯이 익군. 어디서 들어본 것 같은데."

생각에 잠기려는 그를 향해 제이안의 첨언이 이어졌다.

"헤셀 백작에게 멸문당한 에조 자작입니다."

"…노이안 지방에 있던 가문이로군. 그래서인가."

"아마 지금 이 순간을 노리고 그동안 숨을 죽이고 있었을 것입니다. 토릭슨은 에조 자작가의 생존자이며, 로운 후작 휘하에서 힘을 길렀습니다. 이번 전쟁을 성사시키기 위해 그가 움직였을 가능성이 높습니다."

"그렇게 생각하면 모든 정황이 맞아떨어지는군."

정황을 꿰어 맞춘 레디븐 백작의 표정이 한결 나아졌지만 듣고 있던 카이후의 표정은 밝지 못했다.

"왜 그런 표정을 짓고 있지?"

"만약 지금 이 사실이 맞다면 상황은 결코 좋지 않기 때문입니다."

"왜 안 좋다는 이야기지? 로운 후작에게 큰 야망이 없다는 것은 긍정적인 상황 아닌가?"

카이후가 단호히 고개를 저었다.

"분명 그 말씀은 맞지만 이번 헤셀 백작가를 공격하는 에조 남작의 의중은 굉장히 위험합니다. 개인적인 원한이 있는 이상 헤셀 백작가가 멸망할 때까지 덤빌 가능성이 농후하기 때문입니다."

"그 말은……."

레디븐 백작의 표정이 차갑게 굳어갔고, 장내의 분위기도 얼어붙었다.

"로운 후작가는 이번에 헤셀 백작가를 집어삼킬 계획일 것입니다."

"으음."

그 말이 틀리지 않다는 것을 앞선 정황에서 파악할 수 있었다.

이것은 절대 긍정적인 상황이 아니다.

무엇보다 염려스러운 것은…….

"윈스터 후작이 움직이겠군."

"그럴 것입니다. 헤셀 백작의 의중이 남쪽에 집중되면 가장 큰 이익을 얻을 수 있는 것이 윈스터 후작가입니다. 현재 후계 구도에서 차남인 레임이 성과에 목말라 하고 있는 만큼 기회를 놓치지 않을 것이다."

"로운 후작가와 윈스터 후작가의 합공이라면 헤셀 백작가가 견뎌내기 힘들겠군."

"예. 그러니 결정을 내리셔야 합니다."

"우리도 공격을 하자는 것인가?"

"하지 않으면 두 세력은 더욱 힘을 키우게 될 것입니다. 이것은 향후 경쟁력에서 어려워짐을 의미합니다."

"더 이상 세력을 확장할 이유는 없지만 다른 세력이 커지는 빌미를 제공할 이유는 없지."

황도와 인근 지역을 지배하고 있는 레디븐 백작의 힘은 제

후 중 가장 컸지만 엄연히 황실의 힘이기에 그것을 마음대로 사용하지 못하고 있는 상황이다.

"그럼 방책이 있나?"

"세이주 지방 공략을 건의드리는 바입니다."

"노이안 지방이 아니라?"

"예."

"왜인지 말하도록."

노이안 지방은 제국 내에서 손에 꼽히는 곡창지대다. 그곳을 차지하면 군량 걱정을 덜 수 있을 뿐만 아니라 상당수 병력을 동원할 수 있다. 헤셀 백작가의 주력인 두 지방 중 노이안 지방에 무게추가 기우는 것은 당연했다.

"그곳을 차지하려면 로운 후작가와 부딪치게 될 것입니다."

"그래서 세이주 지방을?"

"예! 윈스터 후작가가 세이주 지방을 노릴 것이기에 그곳을 선점하여 남진을 막고, 만에 하나 있을 로운 후작가와 윈스터 후작가의 합작을 막는 것이 최선이라 생각합니다."

"전략 요충지의 이점을 살리자는 뜻이군."

두 가문의 합작.

가능성이 거의 없는 일이지만 레디븐 백작가를 견제하기 위해 발생할 수 있는 일이기도 했다. 카이후의 말은 단순한 염려에 불과하지만 사건이 벌어지면 레디븐 백작가는 모래성처럼 허물어질 수 있다.

"두 가문이 사이좋게 세이주 지방과 노이안 지방을 나눠 가질 수 있습니다. 한시라도 빠른 개입이 필요할 것으로 생각됩니다."

"폐하의 윤허를 받아야겠군."

표정을 굳힌 레디븐 백작이 무겁게 고개를 끄덕였다.

카본 대공의 지도 아래 정령의 힘을 어느 정도 숙달한 하브리스 공작은 히드로 2세에게 보고를 하기 위해 황궁을 방문했다.

"축하합니다."

"감사합니다, 폐하."

정령의 힘을 성공적으로 얻은 것에 히드로 2세는 굉장히 기뻐했다.

변함없이 충성을 바쳐온 그가 강해졌다는 사실은 히드로 2세에게 있어 결코 나쁜 사실이 아니었다.

"전보다 어느 정도 강해진 것입니까?"

"카본 대공의 장담처럼 배 이상 강해진 것 같습니다."

"그 정도나……."

놀란 표정을 감추지 못하는 히드로 2세였다. 절대강자였던 하브리스 공작의 무력은 두 천재가 등장하기 전 제국 최강이었다. 그런 수준에서 두 배 이상 강해졌다는 사실은 어느 정도일지 짐작조차 하기 힘들었다.

"하브리스 공작을 근위기사단장으로 재임명하겠습니다."

"하오나 폐하, 신은 그 자격이 없습니다."

"자격이 있고 없음을 따지는 것은 바로 짐입니다."

"……."

하브리스 공작은 침묵했고, 카본 대공은 한결 밝아진 표정으로 거들었다.

"현명하신 판단입니다."

"전에는 힘이 없어 근위기사단장직을 내려놓게 할 수밖에 없었지만 정령의 힘을 얻은 이상 전과 비교할 수 없을 만큼 강해지게 되었습니다. 두 분이 제 힘이 되어주셔야지, 안 그렇습니까?"

히드로 2세의 말에는 은근한 압박이 서려 있었다. 하브리스 공작은 망설일 것도 없이 힘차게 고개를 끄덕여 보였다.

"맞는 말씀입니다."

"그러니 사양하지 말고 짐을 도와주세요. 레디븐 백작이 짐을 우대하고 있으나 그것이 영원할 거라 믿지 않습니다. 항상 명심하길, 짐은 어린 시절부터 리그디스 공작을 보고 자라왔습니다."

"예, 폐하! 성심을 다해 보좌하겠습니다."

그 말에 서린 의미는 하브리스 공작의 고집을 꺾게 만들기 충분했다.

"그럼 하브리스 공작님이 근위기사 중 충성분자를 걸러 주세요. 짐을 최측근에서 호위하는 근위기사라고 해도 믿지 않습니다."

"예, 폐하. 최선을 다하겠습니다."

"숙부님께서는 다른 일정이 있으십니까?"

"없습니다만 좀 더 활발하게 움직이고자 합니다."

"어떤 것입니까?"

"우선 제 딸인 로즈에게 신경을 쓰려고 합니다. 로운 후작가에 다녀온 뒤 실의에 빠져 방에만 틀어박혀 있어서 말입니다."

"하긴, 가정에 충실하는 것도 좋은 일입니다. 로즈 공녀는 사적으로 제 사촌 누이이니 숙부께서 잘 보살펴 주십시오."

카본 대공은 존재만으로 힘이 되어주는 존재였다. 곁에 없어도 부르면 언제든지 응할 인물이니 히드로 2세는 걱정하지 않았다.

"예, 그리고 제가 거느린 세력을 다듬으려고 합니다. 이들을 쓸 만하게 만들고자 하니 기다려 주십시오."

"그러지요."

로즈가 말했던 것처럼 카본 대공은 당분간 히드로 2세와 접점을 갖지 않음으로써 정적들의 경계심을 풀어내는 데 힘을 쓸 생각이었다.

모든 것이 계획대로 진행되면 히드로 2세는 큰 힘을 쥐게 될 것이고, 곤두박질쳤던 제국의 위엄은 다시 회복될 것이다.

'로즈에게도 좀 더 관심을 가져야 하고.'

갑자기 바뀐 딸의 행동이 신경 쓰인 만큼 그녀가 무슨 이유로 바뀌었는지 천천히 접근해 나갈 생각이었다.

아스트롱 공작령에서 알게 된 고대의 비화를 곱씹던 티엘은 자신에게 일어난 일들이 그저 우연이 겹친 게 아니라는 걸 깨달았다.

"공간검이라."

검의 극의라 믿어 의심치 않았으며 지금도 변함이 없다. 하지만 공간검과 그 여파로 발생한 일들을 생각하면 가벼이 넘길 수 없는 사안이 많았다.

마계의 벽을 무너뜨린 적이 있고, 천계의 벽도 무너진 적이 있다.

이러한 사실들은 티엘로 하여금 공간검에 대한 의구심을 지니게 했다.

"차원의 벽이 얇아지고 있는 것과 별개로 공간검의 힘이 차원을 허물 수 있다."

그것을 확신하게 된 것은 클레디오 백작을 구원하면서 만난 켈그라인의 존재였다.

시간을 다루는 마왕은 절대 자신의 권능을 온전히 보전한 채 중간계에 강림할 수 없다.

만약 억지로 강림했다면 수호자를 자처하는 드래곤이 가만히 있을 리 만무할 것. 그 말은 켈그라인이 무사히 중간계로 통하는 문을 열었다는 뜻이 된다.

그리고 그 원인이 자신이 될 수 있다는 걸 깨닫는 데에는 오래 걸리지 않았다.

키잉! 키이잉!

의지로 발현시킨 공간검이 허공을 가르는 순간, 공간 균열음이 울려 퍼지면서 쩍 갈라졌다.

저 너머로 마계와 천계의 존재들이 호시탐탐 중간계를 노리고 있을 것이다.

"내가 잘하고 있는가, 내가 세상을 멸망으로 이끌고 있는 것인가."

스스로 답을 내릴 수 없다. 하지만 분명한 것은 자신의 힘이 그들을 이끌게 만들며, 가장 좋은 방법은 공간검을 사용하지 않는 것이다.

하지만 그것도 불가능하다는 것을 그는 잘 알고 있었다.

"주사위는 던져졌다. 중간계를 어지럽힌다면 모든 것을 걸고 제거할 수밖에."

로운 후작가를 다녀온 카르딘 남작은 들은 내용을 그대로 전달했다. 이야기를 들은 하멜 남작은 표정을 구기며 욕설을 내뱉었다.

"결국 아무런 소득이 없다는 뜻이군, 제길!"

"로운 후작이 거짓을 말할 리 없으니 믿고 기다리는 수밖에."

"대체 언제까지 믿고 기다리라는 것이냐?"

"그것까지는 모른다."

"그럼 뭣 하러 간 것이냐!"

"네놈이 믿지 못하니 그런 거지."

"결국 성과는 없군."

빈정거리는 어조가 강했지만 카르딘 남작의 표정에는 변화가 없었다. 오히려 하멜 남작의 속을 긁을 만한 한마디를 했다.

"믿고 기다리는 수밖에."

"매일매일 그 말만! 너는 주군이 깨어날 거라 믿는 것이냐!"

"그럼? 믿는 것 말고 다른 수단이 있나?"

계속되는 하멜 남작의 추궁에 카르딘 남작의 음성도 날카로워져 있었다.

"알았다, 네놈이 그렇게 말을 하니 더 이상 말하지 않지. 하지만 한 가지만 명심해 둬라. 주군께 아무런 조치를 하지 않고 이대로 지켜보는 것이 네게 책임이 있다는 것을."

"……."

사납게 으르렁거린 뒤 사라지는 하멜 남작의 모습을 조용히 바라보는 카르딘 남작이었다.

칠흑처럼 어두운 공간이 주변에 내려앉았다. 그리고 거센 압박감이 전신을 두드리면서 온몸을 부숴 버릴 듯 압박을 가해왔다.

'무겁군.'

무저갱 깊은 곳에 가라앉아 있던 정신이 떠오른 것을 자각한 것은 얼마 되지 않아서였다.

생각을 이어나갈 수 있게 된 순간, 클레디오 백작은 자신의 몸 상태가 정상이 아니라는 것을 깨닫게 되었다.

'블랙 드래곤의 공세를 견뎌내지 못하고, 무너지고 말았지. 그리고 나는…….'

죽은 듯 잠들어 있던 생각이 하나둘씩 이어지면서 돌아가는 정황을 떠올릴 수 있었다.

그리고 자신의 몸 상태 또한 완벽하게 깨달았다.

블랙 드래곤에게 육체의 통제권을 빼앗기고, 정신마저도 완벽하게 종속당했다.

더 이상 희망이 없다고 생각했지만 기적처럼 정신을 차릴 수 있었다.

'살아 있군.'

생각을 할 수 있는 것만으로도 살아 있다는 것을 느낄 수 있었다.

클레디오 백작은 쓰게 웃으면서 눈을 감았다.

그동안 겪어온 삶이 펼쳐졌다.

살아남고자 치열하게 생존 경쟁에 뛰어들었던 모습과 검술을 익히던 순간, 기적처럼 블랙 드래곤 하트를 얻고 힘을 얻을 때까지. 그리고 자신을 거두어준 리그디스 공작을 위해 검을 들었고, 자신의 가치관에 반하기에 베어버리며 지금에 이르기까지.

치열한 전투의 연속이었지만 그다지 영양가가 없는 삶이기도 했다.

오로지 전투의 연속. 불리하면 배신하고, 마음에 들지 않으면 배신하고 베어버리는 순간이었다.

'후회는 하지 않지만 조금 다른 삶을 살고 싶다.'

그것이 클레디오 백작의 생각이었다.

전신의 자유는 빼앗겼지만 간절함이 점점 강해지면서 육체의 통제권을 되찾고자 하는 열망이 강해졌다.

그때부터 본래 세계로 돌아가고자 하는 사투가 시작되었다.

의지를 일으켜 이 어두운 공간을 찢어발기고자 했고, 공간은 절대 클레디오 백작에게 틈을 허용할 수 없는 듯 견고함을 자랑하며 버텨냈다.

하루 이틀이 지나고, 시간이 흐르면서 클레디오 백작의 의지는 점점 단단해졌다.

그리고 조금씩 공간이 갈라지기 시작했다.

인간의 의지는 가로막는 모든 것을 부숴 버리는 힘을 지닌 것이다.

우우웅!

거센 마나 파동이 일어나며 처음으로 공간의 균열이 일어났다.

클레디오 백작은 포기하지 않고 의지를 집중시켰다.

쩍! 쩌적! 쩍!

마침내 갈라진 공간 너머로 눈부신 빛이 눈을 때렸다.

초인적인 의지가 뭉치고, 공간을 공략하는 순간, 전신의 자유를 속박하던 어둠은 산산조각이 났다.

쾅!

새하얀 빛이 머릿속을 가득 채우는 느낌과 함께 클레디오 백작은 정신을 잃었다.

　죽은 듯 눈을 감고 있던 클레디오 백작이 살며시 눈을 떴다. 몸은 당장 죽어도 이상하지 않을 것처럼 말랐지만 두 눈에는 정기가 서려 있었다.

　"…내가 살아 있었군."

　"주군!"

　"깨어나셨습니까, 주군."

　"나는 괜찮다."

　"정말 다행입니다, 주군!"

　클레디오 백작이 정신을 찾자, 하멜 남작이 감격에 겨워 소리를 높였다.

　"내가 정신을 잃고 얼마나 시간이 흘렀지?"

　흘러나오는 목소리도 메마른 밭처럼 쩍쩍 갈라지고 있었다. 듣기 나쁜 소리였지만 하멜 남작과 카르딘 남작의 눈에는 감격만 서려 있었다.

　"반년이 다 되었습니다."

　"반년이라……."

　드래곤에게 집어삼켜지고 허비한 시간이었지만 기분이 나쁘지는 않았다.

자기 자신의 무력함을 깨닫고, 허망하게 무너질 수밖에 없던 의지를 다시 한 번 다질 수 있게 되었으니까.

'이제는 귀찮군.'

하지만 당장 몸이 힘들고, 정신적으로도 지쳤다. 부하들과의 오랜만의 해후는 반가운 일이었지만 우선 회복이 먼저다.

"몸을 추스르겠다. 그동안 영지의 일을 처리하며 대기하도록."

"알겠습니다, 주군!"

"처참하군."

정신이 깨어난 클레디오 백작은 마나를 순환시키며 자신의 몸 상태를 체크하고는 입가에 쓴 미소를 지었다.

반년 동안 관리하지 못한 몸은 당장 숨이 끊어져도 이상하지 않았다.

드래곤이 헤집어놓은 육체는 곳곳에 파탄이 드러나고 있었고, 마나 홀도 엉망진창으로 관리되어 폐인이 되기 직전이라 해도 과언이 아니었다.

예전이라면 불같이 분노했을 일이었다.

하지만 몸 상태를 관조하는 클레디오 백작의 두 눈은 고요하게 가라앉아 있었다.

심각하게 표정을 굳히고 있던 그는 이내 미소를 지으며 중얼거렸다.

"오히려 더 좋군, 나쁘지 않아."

바로 살피면 몸 상태는 좋지 않았지만 깊이 들어가면 이야기는 달라진다.

드래곤 하트.

지금의 자신을 만들어준 신물이 몸속에 있던 것이다.

무슨 연유에서인지 완전히 봉인되어 있었지만 의지에 자극을 받으니 조금씩 제 기능을 발휘하는 것을 깨달을 수 있었다.

"드래곤의 힘을 손에 넣은 셈이로군."

목숨의 위협을 넘기니 최강이라 불리는 드래곤의 힘을 얻은 것이다.

웅웅! 우우웅!

의지를 일으키기 무섭게 블랙 드래곤 하트가 봉인에서 깨어났다.

거센 폭풍이 휘몰아치는가 싶더니, 그 여파를 완벽하게 통제하는 클레디오 백작의 안색은 점점 제자리를 되찾아가고 있었다.

의지가 깃든 드래곤의 힘은 엉망진창이 된 몸 내부를 어루만지며 빠른 속도로 회복시켜 나갔다.

그가 제 안색을 되찾는 데 걸린 시간은 일주일도 되지 않아서였다.

드래곤 하트의 힘을 사용한 순간, 이미 육체는 제 기능으로 돌아와 있었다. 일주일이란 기간은 의지와 드래곤 하트의 힘을 잇는 기간이었다.

하멜 남작과 카르딘 남작을 부른 클레디오 백작은 같이 식사 자리를 가졌다.

완전해진 그의 모습을 보면서 그들은 놀란 표정을 감추지 못했다.

"그동안 고마웠다."

"아, 아닙니다. 당연히 해야 할 일을 했습니다. 몸을 회복하셔서서 정말 다행입니다, 주군!"

"다행입니다."

하멜 남작과 카르딘 남작은 겸양의 모습을 보며 감사의 인사를 받았다.

그것이 클레디오 백작으로 하여금 미소 짓게 만들었다.

예전이라면 당연하게 여기고 신경 쓰지 않았을 부분이다. 하지만 깨달음을 얻고, 세상을 보는 시선이 달라진 그는 두 심복이 자신을 위해 얼마나 많은 노력을 하고 있는지 알게 되었다.

의식조차 못 찾는 시간이 반년 동안 이어졌다. 그동안 전심전력을 다해 보살펴 준다는 것 자체가 이미 확고한 충성심의 증거 그 자체였다.

"고마운 것은 사실이다."

무엇보다 둘은 북방에서 치열한 전투를 벌이며 살아왔을 때 함께하던 이들이었다. 클레디오 백작은 이제부터라도 그들의 의견에 귀를 기울여야겠다는 생각을 하게 되었다.

"그보다 너희에게 묻고 싶은 것이 있다."

"하명이 아니라 묻는 것입니까?"

"맞다."

하멜 남작이 놀란 표정을 지었지만 카르딘 남작은 비교적 담담한 안색으로 대답했다.

"말씀하십시오."

"정신을 잃고 있었지만 반년이란 시간 동안 나는 많은 생각을 할 수 있었다. 그곳에서 더 높은 경지로 향하는 길을 발견할 수 있었고, 실제로 더 강해질 수 있었다."

"……"

의식 불명 상태였던 그가 자신의 상태를 고백하자, 둘은 긴장한 얼굴로 귀를 기울였다.

"그리고 깨달은 점이 있다. 여태까지 마음이 내키는 대로 살아왔지만 그것이 무의미하다는 것을. 언제까지 천방지축 내 마음대로 날뛰는 것은 명을 재촉하는 것에 지나지 않는다는 걸 알게 되었다."

"주군, 그 말씀은……."

"그래서 너희에게 내 생각을 말하고자 한다. 그것에 찬성하고 말고는 각자의 몫이다."

클레디오 백작은 자신이 굳힌 결심을 그들에게 털어놓았다.

함께하지 못할 경우에는 홀가분하게 놓아줄 각오까지 되어 있었다.

여태껏 이런 말을 한 적이 없었기에 이야기를 듣는 둘의 표정은 잔뜩 긴장되어 있었다.

그리고 클레디오 백작의 말을 듣는 그들의 얼굴이 기괴하게 바뀌기 시작했다.

제5장
징후

저택으로 돌아온 카본 대공은 가장 먼저 딸인 로즈부터 찾았다.

그녀의 방으로 발걸음을 향했던 그는 연무장에 있다는 소식을 듣고 발걸음을 옮겼다.

연무장에 도착한 카본 대공이 본 것은 연습용 검을 들고 느릿하게 검을 휘두르는 로즈의 모습이었다.

힘이 하나도 실리지 않아 흐느적거리며 움직이는 걸 바라보다 이내 빠른 속도로 다가기 시작했다.

"로즈!"

"……."

멈칫한 로즈가 카본 대공을 향해 고개를 돌렸다. 차갑게 굳어 있는 그녀의 표정을 본 순간 섬뜩해지며 가슴이 철렁 내려앉는 것을 느꼈다. 하지만 그것도 잠시, 로즈의 표정은 평소대로 돌아와 있었다.

'착각인가?'

의아함이 들었지만 이내 의심을 접어두고 로즈를 바라보았다.

"…갑자기 이 시간에 오실 줄 몰랐어요, 아버님."

"그게 이상한 것이냐?"

"아니요, 제 말을 들어주신 거라 생각해요."

"네 말이 맞다. 그날 그 말을 듣고 곰곰이 생각해 보니 나의 잦은 개입이 주변의 우려를 일으킬 수 있다는 걸 깨닫게 되었다."

"들어주셔서 감사해요."

"아니다."

평소와 다를 것 없는 부녀 지간의 대화였지만 카본 대공은 기이한 위화감을 느끼고 있었다.

분명 눈앞의 여인은 자신이 사랑하는 딸 로즈인데 알 수 없는 이질감이 느껴졌다.

'정령의 힘을 얻고 감각이 너무 고조되어 있는 것일지도.'

친딸에게 낯설음을 느끼는 것은 확실히 좋지 않은 징후였
다.

입가에 쓴웃음을 지은 카본 대공은 방금 전 그녀의 움직임
을 떠올리며 물었다.

"네가 검을 수련할 줄 몰랐다."

"책만 읽기 답답해서 움직여 본 거예요. 특별한 이유는 없
어요."

"검을 익히고 싶지는 않고?"

"취미로 익히기에도 많이 늦었다는 걸 알고 있어요."

"음!"

틀린 말은 아니기에 카본 대공은 더 물어보지 않았다. 한
가지 분명한 것은 로운 후작가에 다녀온 일이 큰 심경 변화를
일으킨 것임이 분명했다. 늘 틀에 박힌 날을 좋아하던 그녀가
이렇게 검을 쥔 것은 한 번도 본 적 없는 일이었으니까.

"알았다, 그건 거기까지 하고. 같이 식사를 하려고 왔으니
먹기나 하자."

"네."

카본 대공과의 식사는 평범하게 이어졌다. 딸을 최대한 배
려한 자리였고, 그녀도 모난 모습을 보이지 않고 식사를 이어
나갔다.

방으로 돌아온 로즈는 표정을 굳힌 채 입을 열었다.

"율리아."

[네, 기다리고 있었답니다.]

율리아는 블러디 로즈가 지닌 이름이었다. 그녀의 진전을 이어받기로 한 그녀는 이름을 부르면서 대화를 주고받곤 했다.

"내가 익힌 게 정말 확실한 거야?"

[후훗! 그것이 의심스러우셨나요?]

"아버님의 말씀이 떠올랐을 뿐이야. 이런 방식으로 강해질 수 있는지 의심스럽기도 하고."

[제 힘은 인간을 신의 반열로 올려놓은 극강의 힘. 정령의 힘을 인간의 몸으로 받아들여 한계를 초월하는 비기랍니다. 의심하지 않으셔도 좋아요. 당신이 제 진전을 이어받는 이상 어떤 남자도 당신을 넘볼 수 없게 될 테니까요.]

"…일단은 믿겠어."

블러디 로즈가 건네준 마나 연공법의 존재는 일반 것과 궤를 달리했다.

검의 움직임을 통해 전신을 자극하여 마나를 받아들이지만 블러디 로즈의 마나 연공법은 육체를 개조하는 것으로 시작되었다.

[가장 이상적인 몸으로 바뀌는 거랍니다. 검을 휘두르기 적합하고, 남자들의 이성을 현혹시킬 만큼 아름다운 몸매로 바

뀌는 것이지요.]

"진전을 이어받으면 그분의 마음을 빼앗을 수 있다고 한 걸 잊지 마."

[제 진전을 이어받은 여인 중 원하는 남자를 얻지 못한 사람은 없답니다.]

자신만만한 목소리에 로즈는 용기를 가질 수 있었다.

지금 자신을 받아들여 줄 수 없다면 더 아름다워지고 더 강해지는 수밖에 없다.

거부하지 못할 절대적인 아름다움과 스스로를 지킬 힘만 있다면 티엘도 다시 생각을 할 수밖에.

"난… 강해질 거야."

[아주 멋진 각오랍니다.]

확고한 그녀의 중얼거림에 기쁜 듯 대답하는 율리아였다.

경사였다.

카롤리나가 임신을 하면서 로운 후작가는 다시 한 번 축제 분위기에 휩싸였다.

손이 귀한 가문의 임신 소식은 그 어떤 승전보다 기쁜 것이었다.

가문의 가장 큰 어른인 마리아가 가장 기뻐하며 카롤리나에게 칭찬을 하고 매사에 행동을 조심하도록 각별히 보살폈다.

아들을 낳은 크레티아도 카롤리나의 임신 소식을 축하해 주었다.

하지만 마냥 기뻐할 수도 없고, 축하할 수도 없는 한 여인이 존재했다.

"죄송해요."

"아니야, 죄송할 게 뭐가 있어."

연신 사과하는 카롤리나를 보며 고개를 젓는 것은 로웰린이었다.

그녀의 표정은 어둡기 그지없었다. 애써 밝은 표정을 지으려고 해도 엄습하는 암담한 기분에 표정이 어두워지고는 했다.

카롤리나가 사과하는 것도 그녀에 대한 미안함이 존재해서였다. 로웰린도 임신을 하기 위해 노력을 하고 있었지만 먼저 임신한 것은 자신이었으니까.

"죄송해요, 언니."

언제까지 매달릴 수 없기에 사과를 하면서 자리를 벗어날 수밖에 없었다.

홀로 남게 된 로웰린은 고개를 숙이며 깊은 한숨을 내쉬었다.

엄습하는 절망감은 떨쳐내려고 해도 떨어지지 않는 거머

리 같았다.

"나는 왜⋯⋯."

자신도 임신을 하기 위해 백방 노력을 기울였다. 하지만 행운의 여신은 자신의 손을 들어주지 않았다. 여태까지 해온 노력을 무색하게 만들고, 자신보다 늦게 들어온 카롤리나가 임신을 했단다.

자괴감이 들었고, 기대하고 있는 아버지에게 부응하지 못한 것 같아 죄송했다. 무엇보다 티엘을 볼 면목이 서지 않았다.

"임신을 못하는 몸도 아닌데."

혹시나 하는 마음에 신관에게 검사도 받아보았지만 건강한 아이를 가질 수 있는 몸이었다. 그럼에도 차례대로 선수를 빼앗겼다는 사실이 그녀로 하여금 좌절감을 느끼게 하였다. 어떻게든 좌절감을 떨쳐내려고 했지만 그럴수록 짙은 그림자가 그녀에게 드리워지고 있었다.

깊은 실의에 빠진 채 누구와도 만남을 갖지 않던 그녀를 찾은 것은 티엘이었다.

어둠이 내려앉은 방 안에 모습을 드러낸 그는 몸을 웅크리고 있는 그녀에게 다가갔다.

"로웰린."

"후작님⋯⋯."

"왜 이렇게 있는 거지?"

"죄송해요. 정말 죄송해요."

침대에 몸을 웅크리고 있던 그녀는 연신 사과를 건넸다. 미간을 찌푸린 티엘은 의자에 앉으면서 맞은편 의자를 가리켰다.

"죄송할 이유는 없다. 자리에 앉도록."

"⋯⋯."

하지만 로웰린은 대답도 하지 않고 움직이지도 않았다.

그 모습을 조용히 바라보던 티엘이 가볍게 손을 들자, 로웰린의 몸이 둥실 떠올라 느릿하게 맞은편 의자로 날아왔다.

"왜 그렇게 우울해하지? 아이를 갖지 못한 게 우울해할 일인가?"

"제 자신에게 실망감이 들고, 후작님에게 죄송해서요."

"뭐가 죄송하단 거지?"

"그야 아이를 갖지 못한 게⋯⋯."

"내가 언제 그 부분에 실망감을 드러낸 적이 있나? 난 그런 적이 없다고 생각하는데."

티엘의 음성에는 평소 느끼지 못했던 짜증이 서려 있어 로웰린으로 하여금 입을 다물게 만들었다.

"임신을 못했다고 누구도 책망하지 않는다. 그 압박감이 몸에 영향을 미친다는 생각은 해본 적이 없나 보군."

"저도 모르겠어요. 하지만 크레티아도, 카롤리나도 모두 임신을 했는데 저만 못한다는 것이, 가문의 안주인으로 제 역할을 못하는 것 같다는 생각이 들었어요. 제가 이대로 가문에 있어도 될까 하는 생각이 들었고, 다른 사람들 앞에 나설 자신감도 들지 않았어요. 죄송해요, 제가 너무 못난 모습을 보였죠?"

횡설수설하는 로웰린은 상상 이상으로 큰 압박감을 느끼는 듯했다.

"다른 사람은 그렇게 생각하지 않는다는 걸 모르나?"

"속마음은 안 그럴까요?"

"속마음도 그렇게 생각한다고 보는군."

무엇이 로웰린을 이렇게 만든 것일까.

티엘은 그녀의 상태가 정상이 아니라는 것을 알게 되었다.

'내 탓일 수도 있겠군.'

모든 것에 자유롭지 않다는 것을 그 스스로도 알고 있었다. 그녀가 이렇게 바뀌고, 임신에 대한 강박증을 느끼는 것은 자신의 책임이었다.

"일어나지."

"……."

자리에서 일어난 티엘이 방을 벗어날 때까지 그녀는 아무 말도 하지 않았다.

불안함에 휩싸인 로웰린에 대한 처방으로 내린 것은 드루윙 백작령으로 보내는 일이었다.

이에 대해 가문에서 수많은 말이 양산되었다.

가장 무게가 실린 것은 티엘과 로웰린의 불화설.

크레티아와 카롤리나가 차례대로 임신을 했지만 로웰린은 임신을 하지 못함으로써 둘 사이에 불화가 발생했다는 내용이었다.

로운 후작가는 대대로 손이 귀했고, 그것은 티엘의 대라고 해서 크게 다르지 않았다. 현 로운 후작인 그의 친척이 한 사람도 없는 것이 그것을 반증한다.

수많은 억측이 난무하면서 대두된 것이 바로 드루윙 백작의 거취였다.

헤인조 지방 남부 지방을 성공적으로 개척한 것이 그였고, 현재 사막 부족과 소수 민족을 결집시키면서 커다란 힘을 지니게 되었다.

그렇기에 헤인조 지방 내에서도 만만치 않은 발언권을 지니게 되었는데, 로웰린을 보냄으로써 본격적인 불화설이 대두된 것이다.

처음에는 대수롭지 않게 넘기려던 티엘이었지만 소문이 양산되고 억측이 난무하게 되자, 가신 회의에 나타나 조기 진

압을 하게 되었다.

"그녀를 보내게 된 것은 정신적으로 지쳐 있어서다. 가문 내에서 치료를 해주고 싶지만 쉽지 않다고 판단하였기에 보낸 것 뿐, 다른 의도는 없으니 더 이상의 추측을 금지하겠다."

"예, 주군!"

"쓸데없는 추측을 삼가겠습니다."

강경한 그의 모습에 가신들은 고개를 끄덕이며 입단속을 해야 했다.

정치적으로 큰 영향력을 발휘하지 않지만 티엘은 가신들에게 있어 공포의 존재였다.

직접적으로 자신들을 다스리는 것은 가스론 자작이었지만 모든 최종 결정권을 쥐고 있으며, 마음에 들지 않으면 모조리 물갈이를 해버리는 것이 그였다.

티엘의 발언으로 회의 분위기는 한층 무게가 잡혔다. 그 후에는 가스론 자작의 주재 하에 회의가 진행되며 순조롭게 이어졌다.

회의가 거의 끝날 무렵, 자리에서 일어선 클리멘트 남작이 티엘에게 말했다.

"주군! 보고할 것이 있습니다."

"말하도록."

"회의 시작 전에 전해진 소식입니다. 클레디오 백작이 소수의 군을 이끌고 셰어드 요새를 지났다는 소식입니다. 목적은 주군을 뵙는 것이라고 합니다."

"클레디오 백작이?"

티엘의 눈에 이채가 서렸다. 영원히 깨어날 수 없을지 모르던 클레디오 백작이 정신을 차릴 줄이야. 의외의 소식에 그는 턱을 괴고 생각에 잠겼다가 물었다.

"다른 이상은 없었나?"

"이상이라면?"

"클레디오 백작의 행동에 대해서 말이다."

"특별한 이상은 없는 것으로 보고되었습니다."

"그렇군. 클레디오 백작이 도착하면 바로 들이도록. 나에게 할 이야기가 있어서 오는 것이다."

"예, 주군!"

그 보고를 끝으로 회의는 끝이 났다. 자리에서 일어선 티엘은 자신을 바라보는 가신들을 둘러보며 말했다.

"가문의 일이 순조롭게 이어지고 있어 마음이 흡족하다. 가장 좋은 형태는 내 귀에 잡음이 들리지 않는 형태겠지. 너희에게 권한을 주는 만큼 너희도 능력을 보여주면 된다. 욕심을 부리지 말고, 잔머리를 굴리지 마라. 각자의 위치에서 최선을 다한다면 그에 상응하는 보답을 할 것이다. 앞으로도 지금처럼 잘하길 바라겠다. 책사들은 집무실로 따라오도록."

몸을 돌린 티엘이 회의장을 벗어났고, 그것으로 회의는 끝이 났다.

집무실로 책사들을 부른 티엘은 셋을 둘러보고 아무 말도 하지 않았다. 생각을 정리하는 듯한 모습에 그들은 침을 삼키면서 무슨 말이 나올지 긴장했다.

"우선 그녀에 대한 일은 정치적으로 이용될 수 있다는 걸 알게 되었다. 그 부분에 대한 대책이 있나?"

가장 먼저 말한 것은 클리멘트 남작이었다.

"주군께서 말씀하신 그대로면 특별히 문제가 될 부분은 없을 것입니다."

"없다?"

"예, 일각에서는 드루윙 백작의 이탈을 우려하는 목소리도 나오고 있지만 그분의 모든 힘은 주군에게서 나온 것입니다. 전혀 위협이 되지 못할 것입니다."

"드루윙 백작이 그런 인물이 아니라는 것을 알고 있다. 단지 내가 듣고 싶은 것은 이런 소문을 퍼뜨려 원하는 정치 세력이 누구인지 하는 것이다."

"……."

순간 침묵이 감돌았다. 세 책사는 서로의 눈을 바라볼 뿐, 다른 말을 하지 않았다.

결국 한숨과 함께 나선 것이 토릭슨이다.

"죄송합니다, 주군. 실은 오래전부터 가신단 내부로 공작이 있는 것을 확인했습니다. 그 뿌리를 뽑기 위해 여러 가지 계책을 세웠고, 그중 하나가 형태를 드러낼 때까지 다른 움직임을 보이지 않는 것이었습니다. 주군에게 먼저 보고 드리지 못한 점에 대해 죄를 청합니다."

"정치 세력이라."

일전에 한 번 들어본 적 있는 부분이었다. 가문 내에 어떤 특정 세력이 존재하고 있고, 그들이 로운 후작가의 내부를 분열시키기 위해 수작을 부리고 있다는 내용이었다.

"어디지?"

"현재 포착된 곳은 세 곳입니다."

"말하도록."

"한 곳은 윈스터 후작가입니다. 이미 발각된 적이 있지만 꾸준히 포섭이 들어오고 있습니다."

윈스터 후작가는 오래전부터 꾸준히 포섭을 하면서 가문의 발전을 방해했다. 이미 짐작하고 있는 곳 중 한 곳이었기에 티엘이 느릿하게 고개를 끄덕였다.

"그리고?"

"다른 한 곳은 위클린 공작가입니다. 아스트롱 공작령을 노리고 있는 소문이 들리는데, 원군을 보낼 때 원활하지 못하게 만들려는 듯합니다."

위클린 공작가가 타 지방으로 진출하기 위해서는 아스트롱 공작가의 클루스 지방이 아니면 로운 후작가의 헤인조 지방을 거쳐야 했다.

"마지막은 어디지?"

티엘의 음성이 얼어붙은 것을 느낀 책사들은 바짝 얼어붙었다. 그리고 서로 눈빛을 교환하다가 클리멘트 남작이 조심스럽게 말했다.

"레디븐 백작가입니다."

"……."

"오랜만이군."

로운 후작령 안으로 들어선 클레디오 백작은 굳은 표정으로 고개를 나직이 끄덕였다.

눈에 익은 풍경이었지만 느껴지는 것은 사뭇 달랐다.

그의 곁에는 카르딘 남작과 하멜 남작이 따르고 있었다. 그들의 표정도 다를 바 없이 딱딱하게 굳은 상태였다.

"아직도 내 결정을 이해하기 힘든가 보군."

"아닙니다, 주군의 마음을 이해하고 있습니다."

고개를 저으며 대답하는 카르딘 남작과 달리 하멜 남작은 아무런 대답도 하지 않았다.

그 이면에 서린 불만을 알고 있었기에 클레디오 백작은 다른 말을 하지 않았다.

불만을 되돌려야 했지만 지금 기색으로는 결코 그럴 기미가 보이지 않았던 것이다.

"한 가지 분명한 건, 내 결정이 지금 상황에서 최선이란 점이다."

"주군의 판단이 그렇다면 믿겠습니다."

"고맙다."

대화를 주고받는 사이 어느덧 로운 후작가 저택에 도착했다.

클레디오 백작의 공식적인 방문에 분주하게 마중 준비를 하고 있었다. 그리고 마중 나온 인물은 군사부에서 수석 책사로 임명된 클리멘트 남작이었다.

"처음 뵙겠습니다. 클리멘트 남작입니다. 제국 최강으로 위명 높은 클레디오 백작 각하를 뵙게 되어 영광입니다."

"겉치레는 중요하지 않다. 내가 방문한 목적은 로운 후작을 만나기 위함이니까."

"주군께서도 그럴 거라 말씀하셨습니다. 주군께서 말씀하시길, 괜찮다면 바로 만남을 가져도 된다고 하셨습니다. 백작님은 어떻습니까?"

"나는 상관없다."

"그럼 안내하지요."

"그전에 로운 후작에게 전하도록. 나 혼자가 아니라 여기 카르딘 남작과 하멜 남작도 함께 만날 것이다. 그걸 먼저 묻고 안내하도록."

"예."

클리멘트 남작의 안내에 따라 저택의 방을 배정받은 뒤, 티엘의 의중을 묻고자 사라졌다. 잠시 후 나타난 그는 원하던 답을 가지고 왔다.

"주군께서 허락하셨습니다. 지금 가시겠습니까?"

"가지."

자리에서 일어선 클레디오 백작과 두 남작이 뒤따라 걸음을 옮겼다.

그들이 도착한 곳은 연무장이었다. 그곳 중앙에는 티엘이 서 있었다.

"제 임무는 여기까지입니다. 그럼 대화 나누시길."

정중한 예와 함께 자리를 비켜서자, 티엘이 클레디오 백작을 바라보았다.

그의 눈은 맑은 빛을 띠고 있었다.

마치 자신의 의중을 꿰뚫어 보는 것처럼 예리한 눈길이 파고들었지만 그는 개의치 않고 눈빛을 받아냈다.

"정신을 차렸군."

"덕분이다."

"내가 어느 정도로 수고했는지 알까 모르겠군."

"그건……."

클레디오 백작이 말끝을 흐리자, 티엘은 피식 웃음을 지었다.

"부하들 앞에서 말할 필요가 없다는 뜻인가?"

"아니, 내가 저지른 일이라면 감내해야겠지. 뭐라고 말을 해도 받아들이겠다."

"그렇다니 다행이군. 우선 블랙 드래곤에게 완전히 먹힌 건 알고 있겠군."

"알고 있다."

"그리고 나를 죽이기 위해 공격을 퍼부었지. 그러던 중 한 놈이 모습을 드러냈다."

티엘은 클레디오 백작의 육체를 차지한 블랙 드래곤을 켈그라인이라는 마왕이 처치했다는 내용을 자세히 설명했다. 대략적인 내막을 알고 있던 두 남작은 마왕까지 등장하는 상황에 어안이 벙벙한 표정을 감추지 못했다.

"마왕이라."

"꿍꿍이가 있어 우연이 겹쳤지만 깨어날 거라 기대는 하지 않았다. 데려왔지만 쉽게 정신을 차리는 일은 없을 거라 생각했지."

"운이 좋았을 뿐."

"지금 보니 운은 아닌 것 같군. 전보다 정신적으로 더 단단
해졌어. 드래곤에게 제압된 것이 오히려 껍질을 깨는 계기가
되었던가."

"……."

클레디오 백작은 대답하지 않았다. 그것이 무언의 긍정임
을 티엘은 모르지 않았다.

"그래서, 무슨 이유로 날 찾아왔지?"

"자세한 내막을 알고 싶었으니까. 그리고 하고 싶은 말이
있어서 찾아왔다."

"그러지 않으면 부하들을 이끌고 올 리 없겠지. 용건은?"

"네게 의탁하고 싶다."

"의탁이라고?"

"잘못 듣지 않았다면."

"의탁이라, 의외의 말이로군. 전혀 예상하지 못했어."

감사의 인사 정도를 전달하려고 온 줄 알았다면 티엘은 클
레디오 백작의 말에 턱을 매만지며 생각에 잠겼다.

단순한 측면에서 생각하면 그의 합류는 굉장한 시너지 효
과를 만들어내지만 정치적인 일이라는 것이 간단하게 생각할
수 있는 게 아니었다.

"이유는?"

"내 한계를 느꼈으니까. 이대로 난세에 있어 봤자 더 얻을 것이 없다고 여겼다. 그럴 거라면 편히 의탁할 수 있는 곳에서 힘을 기르는 것이 옳다고 생각했지."

"나쁘지 않은 생각이군. 더 이상 실력을 기르지 않으면 어떻게 될지 모를 테니."

"그래서 생각은?"

"나야 상관없다. 안 그래도 얼마 전에 고메즈 백작이 경지에 올랐으니까."

"그 녀석이?"

"네게 당한 것이 큰 충격이었지."

"그렇군."

"……."

고메즈 백작이 경지에 올랐다는 말에 하멜 남작과 카르딘 남작이 놀란 표정을 지었다. 그러면 일전에 클레디오 백작에게 혹독하게 당한 적 있는 마블론임이 분명했다.

'두 명의 절대강자에 주군까지 합류한다면, 제국 그 누구도 로운 후작의 뜻을 거절하지 못한다.'

카르딘 남작은 온몸을 휘감는 전율에 가늘게 떨었다.

"적당히 상대해 주면 되겠어. 물론 내 생각일 뿐이다. 가문 내의 책사들은 어떻게 생각할지 모르겠군."

"내가 할 일 때문인가?"

"내가 생각하기에는 시킬 일이 별로 없을 것 같군. 넌 다른 일을 하지 않아도 된다."

"의외로군 무력시위용으로 몇 번 사용할 줄 알았는데."

"상대할 이들이 더 이상 인간이 아닌데 굳이 그럴 이유가 있을까?"

클레디오 백작의 눈에 빛이 서렸다.

"인간이 아니라는 건……."

"그건 천천히 이야기하도록 하지. 어쨌든 나는 환영한다. 그런데 네 부하들은 합류할 생각이 있나?"

"예."

카르딘 남작은 순순히 고개를 끄덕였지만 하멜 남작은 달랐다.

그는 부리부리한 두 눈에 섬뜩한 안광을 뿌리면서 목소리를 높였다.

"로운 후작! 나는 네놈의 실력을 보고 싶다!"

"…그렇다는군."

클레디오 백작은 거칠게 나오는 하멜 남작을 탓하지 않았다.

자존심이 높은 그였고, 이전까지도 여러 가지 충돌을 일으켰었다. 두 눈으로 직접 티엘의 실력을 확인할 때까지 인정하지 않을 것이다.

"실력을 보고 싶다면 보여주지. 언제 보여주면 되지?"

"지금. 당장!"

섬뜩한 외침과 함께 하멜 남작이 검을 뽑아 기습적으로 달려들었다.

마스터의 칭호를 받은 그의 신형이 쏜살같이 쇄도하면서 단숨에 티엘에 접근했다.

쭉 뻗어나간 검이 단숨에 반으로 가를 듯 휘둘러졌지만 그의 뜻은 이루어지지 않았다.

티엘이 손을 뻗는 순간 반투명한 막이 생성되어 공격을 차단한 것이다.

더군다나 그는 검조차 들지 않은 상황이다.

경악으로 부릅떠진 그의 눈을 보며 티엘이 피식 웃었다.

"제법 맹랑하군. 그윈 녀석과 어울리면 아주 재미있겠어."

쾅!

"크악!"

둔중한 충격이 검을 타고 전신에 번져가는 걸 느끼며 하멜 남작이 뒤로 튕겨 나갔다. 그리고 간신히 넘어지지 않고 균형을 잡았지만 몸은 당장이라도 쓰러질 것처럼 휘청거리고 있었다.

"이 정도면 되나?"

"크윽! 이게 무슨……"

균형을 잡기 위해 검으로 몸을 지탱한 하멜 남작의 눈은 경악으로 물들어 있었다.

단 한 수였다.

상대가 절대강자라고 해도 쉽게 무너지지 않을 자신이 있었는데 아니었다.

"공간검인가."

"보는 안목도 늘은 건가?"

"조금은."

"나쁘지 않군. 전에는 심심했는데 이제는 재미있어질 것 같아."

"기대에 부응하지."

미소를 지은 티엘은 양팔을 벌리며 클레디오 백작에게 말했다.

"합류를 환영한다."

카르딘 남작과 하멜 남작이 자리를 비키고, 티엘과 클레디오 백작과 남게 되었다.

"자세히 이야기를 듣고 싶군."

"어떤 걸 듣고 싶지?"

"우선 내 몸 상태에 대해서 듣고 싶다."

손을 내밀자, 붙들고 클레디오 백작의 몸을 탐색하는 티엘이다.

"드래곤의 힘을 얻었군."

"깨어나니 드래곤의 힘이 신체 내부에서 느껴졌다. 그리고 지금 상태가 되었지."

"드래곤의 힘이라, 카를렌스가 소멸하면서 그 힘이 그대로 남았을 것이다. 다른 마왕과 겨루면서 정신체만 소멸되었으니까."

"그럼 내 몸에 문제는 없는 건가?"

"확신할 수 없겠지."

"무슨 의미지?"

"그전까지는 카를렌스가 드래곤 하트의 힘을 제어했지만 이제는 고삐가 풀린 상태니 신체가 드래곤 하트의 힘에 의해 조금씩 바뀌게 될 것이다. 깨어나고 몸을 원상태로 회복하는 데 시간이 짧게 걸렸을 테지."

"…맞다."

상식보다 더 빠르게 회복되었기에 그 또한 그 부분에 의문을 가지고 있었다.

티엘이 그 부분을 정확하게 짚어낸 것이다.

"그럼 내 생각이 맞군. 드래곤 하트의 힘이 육체를 변화시키고 있는 것이다. 그것은 흡사 드래고니안과 비슷하다고 할 수 있지."

"드래고니안이라."

상상 속에서나 등장하는 이름에 클레디오 백작이 작게 고개를 끄덕였다.

드래곤과 타 종족의 혼혈인 드래고니안은 드래곤에 근접하는 육체 능력을 지닌 최상위 몬스터다.

신화 속에서나 나오는 드래고니안이 언급되자 클레디오 백작은 적응이 되지 않았다.

"분명한 건 드래곤 하트의 힘을 받아서 평범한 드래고니안과 수준이 다르지. 에인션트 급의 드래곤이니 드래고니안 중에서도 최강의 드래고니안이다."

"그럼 바뀌는 건 없겠군. 오히려 더 강해지니 만족스럽지."

"그렇게 생각하면 편하겠지."

드래곤 하트의 힘을 온전히 물려받은 클레디오 백작의 합류는 티엘에게 있어 반가운 소식이었다.

"하지만 육체 단련을 혹독하게 해야 할 것이다. 그렇지 않으면 드래곤 하트에 깃든 의지에 잡아먹힐 수 있으니까."

왜 이야기책 속에서나 나올 법한 드래곤 하트의 전승인은 세상에 모습을 드러내지 못했을까.

답은 간단하다.

드래곤 하트에 서려 있는 힘을 이겨내지 못하고 미쳐 버린 것이다.

그 범주에 클레디오 백작도 속할 수 있었다.

"굴욕은 한 번이면 충분하다."

"멋진 자세다. 그렇다면 내 계획을 함께할 수 있겠군."

"계획?"

"마계의 문이 열렸다."

"마계의 문? 그곳이 왜 열렸지?"

"세상에 존재하는 차원의 벽이 주기적으로 얇아지는 시기가 있다더군. 그 틈을 노리고 벽을 허문 뒤 중간계에 강림한다."

모든 사실을 털어놓지 않았지만 그것만으로도 클레디오 백작에게는 충분했다.

표정을 굳힌 그가 무겁게 고개를 끄덕였다.

"무료하지 않겠군."

"그렇게 생각하는 것도 나쁘지 않을 테지. 드래곤 하트의 힘을 온전히 손에 넣으면 설사 드래곤이라 해도 맞서볼 만하니까."

티엘의 말에 클레디오 백작은 가볍게 주먹을 쥐는 것으로 대답을 대신했다.

그것은 무언의 대답.

입꼬리를 말아 올린 티엘은 무언가 생각이 난 듯 입을 열었다.

"아, 그리고."

"……?"

중요한 순간, 맥을 끊는 모습에 클레디오 백작이 의아한 표정을 지었다.

그를 바라보는 티엘의 미소는 사악하게 바뀌었다.

"드래고니안은 고자다."

"……."

클레디오 백작의 표정이 처참하게 일그러졌다.

제6장
노이안 지방 공략

헤셀 백작의 공략은 속전속결로 이어졌다.

총사령관인 마블론은 중간에 멈추는 일 없이 군을 지휘하여 맹렬하게 몰아쳤다.

휘하 영주들이 병력을 끌어모아 방어에 나섰지만 노이안 지방은 대부분 평야로 이루어져 있어 온전한 방어를 성에 의지해야 했다.

소규모로 흩어져 있는 방어선은 손쉬운 먹잇감에 지나지 않았다.

맹렬한 기세로 북진을 거듭하니, 헤셀 백작은 오만의 군을 추가로 편성하여 남부로 파견할 준비를 마쳤다.

그사이 레디븐 백작이 군을 움직이려 했고, 윈스터 후작의 차남 레임은 삼만의 군을 이끌고 접경 지역으로 진군을 시작했다.

"제기랄!"

연이은 속보에 헤셀 백작의 표정이 처참하게 일그러졌다.

그야말로 찰나의 순간이었다.

고메즈 백작이 이끄는 오만의 군이 배를 타고 상륙했다고 전해 들은 것이 보름 전인데, 이틀 전 도착한 소식은 이미 곡창지대 절반을 상실했다는 내용이다.

먼저 파견한 오만의 군이 도착하여 소강상태로 접어들었다고 하지만 북쪽에서는 윈스터 후작이, 서쪽에서는 레디븐 백작이 호시탐탐 기회를 노리고 있었다.

군을 모았지만 어느 곳 하나 함부로 움직일 수가 없었다.

"방법이 없다! 방법이!"

머리를 쥐어짜면서 생각을 거듭했지만 상황은 시간이 흐를수록 최악을 향해 달리고 있었다.

헤셀 백작은 꿀 먹은 벙어리가 된 가신들을 보며 표정을 구기다가 라이튼 남작에게 시선을 고정했다.

"라이튼 남작! 방법이 없나?"

"송구합니다. 현재로써는 기발한 책략을 내놓을 수 없습니다."

"기발하지 않아도 좋다. 내 영토에 발을 들여놓은 개자식
들을 몰아낼 방법이면 된다!"

"현재로써는 단기간에 성과를 낼 수 있는 방안이 존재하지
않습니다. 다만……."

"다만 뭐지? 얼른 말하도록!"

"시간은 주군의 편이라는 점입니다."

"자세히 말해라!"

의미를 알 수 없는 말이 이어지자 헤셀 백작의 표정이 구겨
졌다.

가볍게 숨을 몰아쉰 라이튼 남작이 자신의 생각을 털어놓
았다.

"로운 후작군의 움직임은 놀라운 것이지만 아직까지는 틀
어진 것이라 보기 힘듭니다. 주군께서 중심을 잡고 계시고,
군을 꾸준히 끌어모으고 있으니, 레디븐 백작이나 윈스터 후
작이 쉬이 진군을 하지 못할 것입니다. 가장 중요한 것은 고
메즈 백작이 이끄는 로운 후작군입니다."

"그놈들을 물리치면 된다?"

"예, 노이안 지방은 사방이 트여 있어서 방어에 유리하지
않습니다. 주군께서는 그곳에 무게 추를 두어 물리치는 것이
현재로써는 가장 중요합니다."

"물리칠 방안이 없다는 것 아닌가?"

"다행히 추수기가 지났고, 평야 지대에서 로운 후작군이 얻을 수 있는 식량은 없습니다. 그 말은 장기전으로 가면 식량 수송에 차질을 빚을 수밖에 없다는 걸 의미합니다."

"장기전이 유리하다?"

"예. 추가적으로 군을 파견하여 숫자의 우위를 점하고, 단일격으로 끝낼 수 있다면 능히 지금의 위기를 벗어날 수 있다고 봅니다."

"그걸 할 수 있나?"

"제가… 말입니까?"

갑작스러운 제안에 라이튼 남작의 목소리가 떨려왔다.

그를 바라보는 헤셀 백작의 눈은 차갑게 가라앉아 있었다.

"이미 머릿속에 계책이 세워져 있는 것을 알고 있다. 그 정도로 자신감이 넘친다면 네게 전권을 맡기겠다. 총사령관직을 내리지. 군을 이끌고 고메즈 백작의 목을 가져와라."

"하오나 저는……."

"자작의 작위를 수여하겠다. 단, 지금은 임시 작위에 불과하고 온전한 작위는 전쟁을 승리로 이끈 뒤 돌아오면 수여하겠다."

갈등하는 기색이 역력하던 라이튼 남작이 눈을 빛내며 고개를 숙였다.

"해보겠습니다."

"필요한 지원은?"

"삼만의 지원군과 오백의 기사입니다."

거침없는 그의 말에 헤셸 백작이 입꼬리를 말아 올렸다.

"지원하겠다."

영토를 침략한 자들의 대응 방안이 결정되는 순간이었다.

블러디 로즈의 진전을 이어받고 있는 로즈는 근래 들어 수련에 차질을 빚고 있었다.

그 이유는 간단했다. 카본 대공이 저택 밖으로 나가지 않고 시간이 날 때면 로즈를 찾아오곤 했던 것이다.

그것이 그녀의 입장에서는 달갑게 받아들여지지 않았다. 오늘도 독서를 하던 중, 찾아온 카본 대공을 보며 로즈가 입을 열었다.

"아버님."

"왜 그러냐, 로즈."

"우선 절 신경 써주시는 것에 감사드려요."

"당연히 해야 할 일을 했을 뿐이다."

"하지만 이런 형태는 아닌 것 같아요."

"그게 무슨 말이냐?"

고개를 젓는 그녀의 모습에 카본 대공이 미간에 주름을 잡았다.

로즈는 솔직하게 말했다.

"아버님은 제국의 숨은 검이세요. 당분간 황제 폐하와 거리를 두는 것은 나쁘지 않지만 이렇게 무의미한 시간 허비는 결국 좋지 않은 영향으로 다가올 거라 생각해요."

"음! 나는 네가 걱정되어서 그런 것이다."

"알고 있어요. 그 부분에 대해서 아버님께 감사드려요. 하지만 지금 아버님은 큰일을 앞에 두고 계세요. 제가 그 일에 방해가 되는 것은 원하지 않아요."

[후후! 달변가의 기질이 보이는 걸요.]

속삭이며 웃는 율리아의 목소리가 들려왔지만 로즈는 개의치 않고 카본 대공에게 시선을 고정했다.

잠시 생각에 잠겨 있던 그는 표정을 굳히며 로즈를 바라보았다.

"그럼 너는 괜찮은 것이냐?"

"이렇게 조용히 시간을 보내면서 스스로를 되돌아보는 것도 괜찮다고 생각하고 있어요. 그동안 제가 너무 철없게 지냈던 것 같기도 하고요. 제 나름대로 생각할 것이 많으니 아버님이 제게 신경을 써서 시간을 낭비하지 않으셨으면 해요."

"알았다, 네가 무슨 말을 하려는지 알겠으니 나도 대책을 세워보마."

"네, 주제넘게 말해서 죄송해요."

"아니다, 아비와 딸 사이에 이 정도는 말할 수 있지. 네가 말해준 덕분에 나도 정신을 차릴 수 있었으니 개의치 마라."

"네."

카본 대공이 자리에서 일어나 로즈를 바라보았다. 그녀도 뿌리치지 않고 당당하게 그와 시선을 마주했다. 당찬 의지가 깃든 눈빛에 나직이 고개를 끄덕인 뒤 밖으로 나갔다.

그의 뒷모습을 바라보던 로즈가 입을 열었다.

"율리아."

[네, 듣고 있답니다.]

"난 언제쯤 강해질 수 있을까."

[글쎄요, 로즈의 재능은 나쁘지 않지만 수련을 시작한 시기가 늦어서 당장 성과를 확인하기는 힘들 거랍니다. 하지만 제가 곁에 있으니, 후후후! 기대하셔도 좋아요.]

"알았어, 나도 최선을 다할게."

[제 말을 따르면 아름다움과 힘을 얻을 수 있으니 열심히 해주시길.]

연인에게 속삭이듯 달콤하게 전해지는 율리아의 음성에 로즈가 눈을 빛냈다.

"내가 할 일이라."

로즈와 대화를 나누면서 카본 대공은 여러 가지를 느낄 수 있었다.

"이제는 어린아이가 아니로군."

아픔이 그녀를 성장시킨 것일까.

더 이상 철부지 어린아이 같은 모습을 보이지 않는 로즈의 행동이 마음이 뿌듯하기도 하면서 한편으로는 다행이라는 생각이 들었다.

제국의 숨은 검으로 활동하면서 가장 족쇄가 되는 것이 바로 로즈였다.

사랑하는 여인이 남긴 유일한 혈육의 존재는 그가 움직이는 데 제약을 가했다.

하지만 이제는 더 이상 그 부분을 걱정하지 않기로 마음 먹었다.

로즈의 정신은 강했고, 더 이상 자신이 손을 쓰지 않아도 스스로 운명을 개척할 수 있는 수준에 올랐다. 카본 대공은 딸을 믿기로 하고 자신이 할 수 있는 일을 하기로 결심했다.

그중 하나가 바로 제국에 반하는 불순분자를 제거하는 것이다.

카본 대공이 생각하는 제국을 좀먹는 두 역적은 바로 새로운 세대를 대표하는 로운 후작과 클레디오 백작이다.

황제에 대한 존경심은 전혀 없으며, 오로지 자신의 무위를 믿고 기고만장하게 날뛰는 그들의 존재는 지금도, 앞으로도 크게 문제가 될 것이다.

"우선은 클레디오 백작이다."

그를 찾아가 제국에 반하는 자가 얼마나 처참하게 망가질 수 있는지 알려줄 생각이었다.

그의 발걸음이 클레디오 백작령으로 향했다.

티엘의 조치로 인해 드루윙 백작령으로 향하게 된 로웰린은 죄스러운 마음을 감추지 못했다. 마치 쫓겨나듯 아버지를 대면하게 된 그녀는 고개를 푹 숙였다.

"죄송해요."

"괜찮다."

"저는……."

"네가 무슨 말을 해도 나는 네 편이다."

"아버님."

세상이 모두 적일지라도 드루윙 백작만큼은 든든한 자신의 편이었다. 로웰린은 눈물이 핑 도는 것을 느끼며 감동 섞인 눈으로 그를 바라보았다.

"한 가지만 묻자. 너는 로운 후작과 불편한 관계가 되어 이곳에 온 것이냐?"

"아니에요! 모든 게 제 잘못이에요. 제가 넓은 마음을 갖지 못해서 이렇게 된 거예요."

"그럼 이곳에 온 건?"

"그분이 당분간 휴식을 취하고 오라고 하셨어요. 가문에 남아 있으면 정신적인 불안이 오랫동안 이어질 것 같다고 해서요."

"너도 동의한 것이군."

"네, 부끄럽지만 웃으면서 견뎌낼 자신이 없었어요."

고개를 푹 숙인 로웰린이 침울한 목소리로 대답했다.

크레티아는 건강한 아이를 낳았고, 카롤리나는 임신을 했다. 세 명의 부인 중 은연중 정부인 역할을 하던 로웰린으로서는 자존심이 상하기도 했고, 당면한 현실을 웃으며 받아들일 수 없었다.

드루윙 백작은 그런 로웰린의 얼굴을 빤히 바라보았다. 그동안 마음고생이 심했는지 수척해진 모습이 가슴 아프게 다가왔다.

"네게 전해진 압박이 상당했구나."

"네, 제가 너무 철없어 보이죠?"

"그것보다 네게 후작가의 부인이라는 중압감을 견뎌낼 마음의 준비가 필요한 것 같다."

"제가요?"

"로운 후작은 뛰어난 인물이지. 젊은 나이에 이미 제국 최강을 논하고 있으며, 거느린 세력 역시 왕국이라고 해도 부족함이 없다. 너는 그의 부인이 되면서 심한 압박감을 느꼈을 것이다. 내 말이 틀린가?'

"맞아요."

아버지였고, 힘든 시기를 함께했기에 그의 말은 아무런 편견 없이 그녀의 가슴속으로 스며들었다.

"거기에 따르는 여인들도 많지. 크레티아 공녀나 카롤리나 영애는 모두 제국사대미녀에 속할 정도의 재녀니까. 들리는 소문으로는 로즈 공녀도 로운 후작에게 호감을 표했다고 하니."

"네."

"너는 거기에서 압박감을 느낀 것이다. 로운 후작의 확실한 부인이 되는 것은 임신을 하는 건데, 조급함을 갖다 보니 그마저도 이루어지지 못했지. 그것이 네가 느끼는 압박감의 원인이다."

"아……."

막연하게 알고는 있었지만 드루윙 백작의 직접적인 언급에 로웰린은 탄성을 흘렸다.

모든 것이 사실이었고, 반론의 여지가 없었다.

"제가 너무 추하죠?"

드루윙 백작은 조용히 고개를 저어 보였다.

하지만 로웰린의 입가에는 처연한 미소가 걸렸다.

"로웰린, 지금 네게 필요한 건 휴식이다."

"……."

"마음 편히 쉬면 된다. 그럼 모든 것이 원래대로 돌아올 것이다. 그러니 어떤 걱정도 갖지 말고 이곳에서 편히 쉬어라. 몸도 마음도 편해지면 다시 예전으로 되돌아갈 수 있을 것이다."

"해볼게요."

고개를 끄덕인 드루윙 백작의 표정은 딱딱하게 굳어 있었다.

"제법 견고하군."

마블론은 단단하게 진영을 구축한 헤셀 백작군을 보며 눈살을 찌푸렸다.

기습 공격을 감행하여 폭풍처럼 휘몰아쳤지만 대응에 나선 헤셀 백작의 군대는 시기적절하게 맥을 끊어 더 이상 전진을 하지 못했다.

곡창지대 절반을 장악하는 성과를 거두었지만 강을 경계선으로 진영을 구축한 헤셀 백작군은 도발에도 응하지 않고 철저한 방어로 임하고 있었다.

최대한 빠른 속도로 노이안 지방을 장악하려던 계획이 실패로 돌아갔지만 마블론은 개의치 않았다.

아직 숨겨둔 비장의 수가 존재했고, 장벽처럼 존재하는 강도 해결책을 마련해 두었다.

"수량은?"

"확실히 줄어들고 있습니다. 하루가 더 지나면 무리 없이 건널 수 있을 것 같습니다."

"마음에 드는 소식이로군."

헤셀 백작군의 대응은 나쁘지 않았지만 전쟁의 향방을 가를 수 있는 무기를 쥔 것은 다름 아닌 마블론이었다.

강의 상류로 거슬러 올라가 수량을 조절함으로써 그들을 지켜주던 장벽을 제거하는 작전에 착수한 것이다.

물이 줄어들게 되면 본격적으로 움직일 수 있는 여건이 완성된다.

조금씩 때가 다가오는 것을 느낀 마블론은 미간을 지그시 모았다.

"이럴 때 그 녀석이 있으면 좋으련만."

그의 머릿속에 떠오른 인물은 다름 아닌 그원이었다.

수련을 시켜주며 정이 든 그원은 흡수가 빠른 기사였지만 전장의 관점에서 바라보면 맡은 바 임무를 완벽하게 해내는 재원이다.

이번 전쟁에서 그와 함께 참전하길 원했지만 얼마 전 아이를 얻고 영지를 하사 받는 등 바쁜 일이 제법 많아 데려오지 못했다.

"결국 내가 나서야 한다는 이야기겠지."

티엘이 말했던 것을 떠올리며 몸을 일으키는 마블론.

그의 시선은 강 건너에 있는 헤셀 백작군에 고정되어 있었다.

헤셀 백작군의 사령관을 맡게 된 라이튼 자작은 표정을 굳힌 채 지도를 바라보고 있었다.

첩보에 의하면 며칠 전부터 로운 후작군의 움직임이 분주하다는 것을 전해 들은 것이다.

"로운 후작군이 움직여?"

"예! 총공격이 이어질 거라고 합니다."

"총공격이라, 앞에 강을 두고 무리수를 감행하겠다는 건가?"

헤셀 백작의 지원에 힘입어 현재 주둔하고 있는 군의 숫자는 팔만을 헤아렸다.

그만큼 이쪽에서도 적극적으로 임하고 있다는 의미였다. 그리고 언제든지 지원을 할 수 있도록 적극적으로 군을 끌어모으고 있는 상황이었다.

"다른 점은?"

"아직 발견되지 않았습니다."

"아니, 발견하지 못했을 뿐이다. 고메즈 백작이 아무런 확신도 없이 군을 움직일 거라 생각하나?"

전체적인 전력이 뒤처지는 상황에서 군을 움직이는 것은 다른 것으로 설명되지 않았다.

라이튼 자작의 머릿속에서 자꾸 다른 사실이 콕콕 자극하고 있었다.

'앞에 강이 있고, 그것을 경계로 삼으면 우리가 우위를 점하게 된다. 정면 대결에서도 우위를 점할 수 있는 상황에 무리수를 전개한다는 건… 강? 그러고 보니!'

거기까지 생각이 미친 라이튼 자작의 눈이 예리한 빛을 발했다.

"당장 강의 수량을 조사하도록!"

"예?"

"적이 강의 물길을 조절하고 있다! 그러니 어서 조사해라!"

"아, 알겠습니다."

목소리를 높이니 고개를 끄덕인 병사가 예를 취하고 사라졌다.

그 모습을 물끄러미 바라보던 라이튼 자작이 이를 꽉 물었다.

"내 예상이 맞지 않길 바라는 수밖에."

로운 후작군의 공격은 숨길 것 없이 공개적으로 진행되었다.

며칠 전부터 공격을 준비를 착실히 해온 마블론은 강의 수량이 줄어든 것을 확인하기 무섭게 전군을 동원하여 군을 이동시켰다.

"모두 진군한다."

선두에 선 마블론이 군을 이끌며 강을 건너기 시작했다.

철벅철벅.

어깨 이상 잠길 정도로 깊었던 강은 물길을 막은 덕분에 말의 무릎 정도가 잠길 정도로 얕게 변해 있었다.

로운 후작군이 빠른 속도로 강을 건너기 시작하자 헤셀 백작군 진영에서 소란이 발생하기 시작했다.

마블론은 날카로운 눈으로 전방을 주시하면서 묵묵히 강을 건넜다.

피빙! 핑!

강을 건너기 무섭게 헤셀 백작군 진영에서 화살이 쏟아졌다.

검을 든 마블론이 궤적을 그려내는 순간, 푸른 막이 형성되었다.

파바밧!

단 일격에 수십 발의 화살이 반으로 갈라지면서 힘없이 바닥에 놓였다.

그사이 상당수 인원이 강을 건넌 것을 확인한 마블론이 검을 들어 외쳤다.

"모두 공격하라!"

외침이 터져 나오기 무섭게 적진을 향해 돌격하는 마블론이었다.

오늘은 마음껏 힘을 발휘할 수 있는 그의 전신에는 이전과 판이하게 다른 기세가 피어나고 있었다.

콰콰콰콰!

그것은 이내 범람하듯 발산되며 가로막는 적을 향하고 있었다.

"……."

라이튼 자작은 두 주먹을 말아 쥐고 전방을 바라보았다. 그곳에는 종횡무진 전장을 누비고 있는 마블론의 모습이 눈에 들어왔다.

"말도 안 돼!"

억눌린 신음이 입가를 비집고 흘러나왔다. 인정하기 싫은 현실이 눈앞에서 펼쳐지고 있었다.

오만 대 팔만.

상당한 전력 차이였고, 상대는 원정군이었다. 라이튼 자작은 공격을 준비하는 로운 후작군을 경시하지 않았다. 상대는 마블론 고메즈 백작이었고, 절대강자 로운 후작과 함께 전장을 누빈 인물이다.

부족한 전력임에도 적극적인 모습을 보이는 것은 다른 의도가 있다고 여겼고, 그것이 무엇인지 파악하고자 애를 썼다.

강의 물길을 조절하여 건널 때까지 무엇인지 몰랐다. 숨겨 놓은 기사단 따위는 없었고, 군의 규모가 증가한 것도 아니었다.

하지만 돌격 명령과 함께 검을 휘두르는 마블론을 보는 순간 불안감은 현실로 드러났다.

"절대강자!"

여기저기서 터져 나오는 신음 소리였다.

선두에 선 마블론의 검은 기존의 것과 확연히 다른 형태였다.

폭풍처럼 휘몰아치는 오러는 공포 그 자체였고, 앞을 가로막은 헤셀 백작가의 기사들은 속절없이 쓰러지고 있었다.

그 뒤를 받치고 있는 기사단의 존재는 무적 그 자체였다.

상황이 최악으로 흘러가고 있음을 느꼈지만 라이튼 자작은 함부로 결정을 내릴 수 없었다.

'버틴다, 버티면 우리가 이길 수 있다.'

군의 규모부터 시작하여 기사단 전력에서 우위를 점하고 있다. 마블론이 날뛰고 있지만 시간이 지나면 흐름은 달라질 거라고 확신했다.

하지만 그것이 언제쯤인지 알 수 없다는 게 문제였다. 이대로 전황이 이어지면 아군의 피해는 눈두덩처럼 불어날 것이고, 종래에는 사기가 곤두박질치게 될 것이다.

'후퇴? 후퇴하면……'

상처뿐인 승리냐, 아니면 실리를 챙긴 패배냐.

두 가지 사실이 머릿속을 맴돌면서 라이튼 자작의 결정을 가로막았다.

와아아아!

귓가를 강타하는 함성에 퍼뜩 정신을 차린 그의 시선이 전장을 향했다.

그곳에는 일검에 기사 둘을 도륙하는 마블론의 모습이 눈에 들어왔다.

절로 탄식이 터져 나왔다.

"절대강자가 저렇게 강하다니!"

그제야 이성을 되찾은 라이튼 자작은 지금 자신이 생각 자체를 잘못하고 있을지도 모른다는 생각을 하게 되었다.

절대강자는 전장의 흐름을 바꿀 수 있는 병기 그 자체였다.

아군의 희생을 바탕으로 체력 소모를 늘려서 승리를 쟁취하려는 결정 자체가 오판일 수 있다.

"모두 후……."

"멈춰라, 이놈!"

후퇴 명령을 내리려던 라이튼 자작은 귓가를 강타하는 호통에 몸이 뻣뻣하게 굳어버렸다.

그사이 적의 사령관을 발견한 마블론이 눈부신 속도로 쇄도하고 있었다.

주변의 호위기사들이 앞을 가로막으면서 검을 들었지만 강렬한 기세로 주변 일대를 잠식시킨 마블론의 무위는 막강함 그 자체였다.

피슛! 푹!

날카로운 찌르기가 호위기사의 목을 꿰뚫으며 단숨에 호위망을 허물어뜨렸다.

그리고 단숨에 라이튼 자작의 앞을 점유할 수 있었다.

"……."

두 눈에 감도는 살기를 마주한 순간 라이튼 자작은 오금이 저려오는 것을 느꼈다.

퍽!

검면에 강타당한 라이튼 자작은 그대로 눈을 까뒤집고 정신을 잃었다.

"적의 사령관을 사로잡았다!"

와아아아!

승기를 잡은 로운 후작군의 함성이 우렁차게 울려 퍼졌다.

전쟁은 대승이었다.

서로 입은 피해 규모는 비슷했지만 질적인 면에서 큰 차이를 불러왔다.

후퇴에 성공한 헤셀 백작군은 사령관인 라이튼 자작이 사로잡히고, 삼백이 넘는 기사가 목숨을 잃었다.

이 모든 것이 일선에서 활약한 마블론의 압도적인 무위 덕분이었다.

오늘 이 자리에서 그는 그동안 숨겨놓은 사실을 만인에게 공개했다.

절대강자!

마블론이 대륙에 몇 되지 않는 절대강자의 반열에 올라선 것이 드러난 것이다.

제국 내에서도 셋밖에 존재하지 않는 절대강자에 로운 후작가 가신이 올랐다. 이것이 의미하는 바는 결코 가볍지 않았다.

로운 후작군은 자신을 이끄는 사령관이 절대강자라는 사실에 사기가 끝없이 상승하기 시작했고, 추격 과정에서도 짤짤한 재미를 보았다.

무엇보다 고무적인 것은 적의 저지선을 붕괴시키고 노이안 지방 곡창지대 전부를 고스란히 손에 넣을 수 있게 된 점이었다.

"좋군."

명을 완벽히 이행한 마블론의 입가에 짙은 미소가 드리웠다.

그것은 전황을 완전히 굳혀 버린 승자의 미소였다.

치열한 전투가 벌어진 곳에서 멀리 떨어지지 않은 숲 속.

그곳은 근래 들어 몬스터의 출몰이 부쩍 잦아지며 사람의 발길이 끊긴 곳이다.

숲 전체가 음산한 기운이 흘러넘쳤고, 깊은 곳으로 향할수록 발산되는 어둠의 마나는 점점 강해지고 있었다.

그 중앙에는 검은 갑주를 차려 입은 존재가 서서 세상을 굽어보았다.

"시끄럽군."

미간을 찌푸린 그는 남자인지 여자인지 분간이 가지 않는 아름다운 외모를 지니고 있었다.

검은 머리와 검은 눈동자를 지닌 그가 가볍게 손을 젓자, 반투명한 막이 드러나면서 바깥세상의 정보가 고스란히 드러났다.

"재미있는 일이 벌어졌군그래."

익숙한 향기와 분위기가 피부를 타고 전해졌다. 그것은 익숙한 식량이며, 살아가는 이유였다. 그의 입꼬리가 말려 올라가며 처참하기 그지없는 전장의 상황을 주시했다.

"제법 강한 인간인데."

전황은 일방적이었고, 그 중심에는 압도적인 무위를 지닌 한 인간이 있었다.

그것은 호기심을 자극하기에 부족함이 없었다.

"저 정도 강함이면 인간 중에서 손에 꼽힐 텐데, 재미있군. 중간계에 나온 지 얼마 되지 않아 저런 맛있는 사냥감을 발견하게 되다니."

당장 숲을 벗어나 달려들고 싶은 마음이 속에서 들끓고 있었지만 그는 충동을 억눌렀다.

얇아진 차원의 벽을 비집고 간신히 강림했다. 어설픈 충동으로 기껏 잡은 기회를 놓칠 만큼 어리석지는 않았다.

온전한 힘을 되찾을 때까지 숨을 죽이고 기다리는 수밖에.

그의 두 눈이 붉게 물들었다.

"기다려야겠지, 아쉽군."

어둠 속에 가려진 그의 웃음은 섬뜩한 빛을 발하고 있었다.

제국 전역이 들끓었다.

그것은 헤셀 백작령에서 벌어진 전투에서 등장한 절대강자의 존재 때문이다.

마블론 고메즈!

사랑하는 여인을 그리워하는 마음으로 뭇 많은 여인의 가슴을 울린 그였다. 매일 술을 마시며 알콜에 찌들었던 그는 조롱의 의미로 알콜 대검호라 불리기도 했다.

하지만 더 이상 그를 폄하할 수 있는 존재는 어디에도 없었다.

촉망받던 인재이자, 뛰어난 기사였던 그는 더 이상 뛰어나다는 범주 내에서 생각할 수 없는 강자의 반열에 올라선 것이다.

절대강자, 고메즈 백작!

공식적으로 셋밖에 없는 절대강자의 반열에 올라서서 그 힘을 세상에 드러냈다.

이러한 사실은 제국 전역을 충격으로 몰아넣기에 부족함이 없었다. 그리고 로운 후작가가 어떤 이유에서 다른 지원을 하지 않고 마블론에게 모든 권한을 맡긴 것인지 이해하기 시작했다.

놀라움은 그것뿐만이 아니었다.

로운 후작가가 노이안 지방을 차지하고 곡창지대를 온전히 손에 넣은 것보다 더 강렬한 소식이 존재했다.

바로 클레디오 백작의 합류였다.

암암리에 퍼져 나가던 소식은 마블론의 절대강자 등극과 함께 폭풍이 되어 곳곳을 휩쓸었다.

제국최강이라 불리는 클레디오 백작의 위상은 제국 어딜 가도 통용되는 것이다. 명성 면에서 절대강자 중 가장 큰 영향력을 발휘하는 것이 그였다.

이 소식이 화제가 된 것은 단순히 클레디오 백작이라서가 아니었다.

마블론의 등장과 클레디오 백작이 합류하는 바는 제국 정세를 뒤흔들어 놓는 것이었다.

세 명의 절대강자!

공식적으로 네 명이 된 절대강자 중 세 명이 한 세력이 집중되어 있는 것이다.

이러한 사실은 야심을 지닌 영주들이라면 발등에 불이 떨어진 것처럼 위급한 사실이 아닐 수 없었다. 한 사람의 존재만으로 두려운 절대강자가 셋이나 함께한다는 사실은 누구도로운 후작가의 행보를 제지할 수 없다는 의미로 다가온 것이다.

무엇보다 다급해진 것은 황실과 레디븐 백작 측이었다.

절대강자의 등장도 그랬지만 클레디오 백작이 영지로 하사받은 곳은 셰어드 요새와 황도의 중간에 위치한 곳이다.

이곳이 고스란히 로운 후작가에 흡수되면 황도까지 공격권에 들어오게 된다.

영지를 회수할 수도 있지만 그것을 친절하게 들을 리가 없었다.

세상이 한 차례 홍역을 치루고 있었지만 태풍의 핵인 로운 후작가의 움직임은 조용하기 그지없었다.

티엘은 맞은편에 선 클레디오 백작을 바라보며 웃음을 지었다.

뒤틀린 느낌이 드는 그의 미소는 가슴을 서늘하게 만드는 무언가가 있었다.

"드래곤 하트의 힘을 육체가 적응하는 방법은 의외로 간단하다."

"뭐지?"

"바로 힘을 받아들일 만큼 강한 그릇을 만드는 것이다."

"그 말은 육체를 단련시킨다는 말이군."

"정확해. 정신없이 두들기면 드래곤 하트의 기운이 활발하게 움직이면서 육체를 강화시킨다. 외부의 충격에 큰 타격을 입지 않는 이상적인 육체가 완성된다는 의미다."

"내가 순순히 당할 거라 생각하지 마라."

이미 티엘의 의도는 명백히 드러난 상황이었다. 클레디오 백작은 차갑게 표정을 굳히고 순순히 당하지 않을 것을 선언했다.

"재미있어, 그렇게 의욕을 보여줘야 달려드는 나도 재미를 보지."

드래곤 하트의 힘을 얻은 클레디오 백작의 힘은 가벼이 여길 수 없다. 그런 만큼 티엘은 오랜만에 힘을 발휘할 수 있는 상대로 그를 생각했고, 지금 이 순간이 진심으로 즐거웠다.

"최선을 다해 막아라, 죽지 않으려면."

"……"

주변의 공기가 기이하게 뒤틀리기 시작했다. 클레디오 백작은 저도 모르게 긴장감을 끌어 올리면서 그를 노려보기 시작했다.

키잉! 키이잉!

공간이 뒤틀린다. 주변의 마나가 타오르고 공간에 균열이 일어나는 순간, 섬뜩한 느낌이 전신의 피부를 파고들어 뇌리를 자극했다.

슈악!

고개를 숙인 클레디오 백작의 옆으로 날카로운 기운이 스쳐 지나갔다가 그대로 소멸했다. 입꼬리를 말아 올린 티엘이 확신을 담아 중얼거렸다.

"역시, 드래곤의 능력을 일부 물려받았군."

"죽일 생각이로군."

"기대에 미치지 못하면 짐으로 전락하는 것보다 죽는 게 낫지 않나? 네 부하들은 내 안락함을 위해 잘 부려먹도록 하지."

"쉽게 죽어줄 수 없는 말을 하는군."

"그러니 의지를 보여봐라."

섬뜩한 미소가 입가에 걸리자, 클레디오 백작의 주변 기운이 사납게 날뛰기 시작했다.

콰우우우!

의지가 일어나니 자연스럽게 발현되는 드래곤 피어.

그 스스로도 깜짝 놀란 표정을 지었지만 티엘은 담담했다.

"드래곤의 힘을 받았으니 드래곤 피어도 가능한 건 당연하지 않나."

"…대체 누가 드래곤의 힘을 받았는지 모르겠군."

자신보다 더 담담한 태도에 클레디오 백작은 고개를 저었다.

"죽지 마라."

티엘의 검이 푸른 오러에 휩싸이면서 자연스럽게 허공에 떠올랐다.

이글이글 타오르며 날을 벼리고 있는 비기는 클레디오 백작도 잘 알고 있는 것이다.

"오러 파이어?"

절대강자 반열에 올라서면 펼칠 수 있는 오러 파이어는 그도 쉽게 펼칠 수 있는 것이다. 하지만 그 비기를 펼치는 당사자가 티엘인 만큼 방심은 금물이었다.

쐐액!

공간을 가르며 쇄도한 검이 단숨에 면전에 도달했다. 클레디오 백작은 가볍게 몸을 흔들면서 날아드는 검을 정면으로 받아냈다.

쩌엉!

오러와 오러가 충돌하면서 푸른 파편이 사방에 튀겼다. 시야를 방해할 정도로 요란한 순간이었지만 둘 모두 격전지에서 한시도 시선을 떼지 않았다.

오러 파이어는 마나 소모가 극심한 비기였지만 티엘은 아무렇지 않게 구사하면서 빠른 속도로 클레디오 백작을 압박했다.

"흡!"

결국 먼저 호흡이 끊긴 것은 바로 그였다. 격렬하게 움직임을 가져가는 그와 다르게 티엘은 의지로 검을 조종하는 상황이었다.

무엇보다 클레디오 백작을 궁지로 몰아넣은 수단은 간단했다.

'이런 수가 가능하군.'

검을 쥐고 휘두르면 신체의 움직임에 따라 궤적이 그려지게 마련이다.

하지만 손으로 쥐는 것이 아니라 허공에서 자리하게 되면?

인간의 신체가 주는 제약은 사라지고 전혀 예측할 수 없는 궤적을 그려낼 수 있다.

'얼마나 마나가 많기에 이런 수를 구사하지?'

드래곤 하트의 힘을 부여받은 자신이라면 충분히 가능한 일이지만 티엘은 다르다. 절대강자라 해도 인간의 한계가 존재할 거라 생각했지만 무지막지하게 마나를 때려 부으며 검을 구사하고 있었다.

하지만… 효과적이었다.

"큭!"

호흡이 끊긴 대가는 컸다. 자유자재로 궤적을 그리는 오러 파이어에 이리저리 휘둘리면서 근근이 방어를 이어나가는 것이 고작이었다.

드래곤 하트로 강화된 마나의 힘이 전혀 위력을 발휘하지 못하고 있었다.

그것은 조금씩 분노를 쌓이게 만들었고, 이윽고 그것을 제어하지 못한 클레디오 백작의 입에서 짐승의 절규가 터져 나왔다.

"크아압!"

콰콰콰콰!

기세가 폭사하며 검에 서린 오러의 색이 투명해졌다. 극도로 정제된 마나가 위력을 끌어 올린 것이다. 티엘이 마나를 퍼붓는 것처럼 클레디오 백작 또한 마나를 퍼부어서 대응을 한 것이다.

꽝!

강렬한 충격은 허공을 부유하던 검을 멈칫하게 만들었다. 돌아가는 상황을 반전시키는 데 성공한 클레디오 백작은 반격을 가하려고 했지만 행동으로 옮길 수 없었다.

섬뜩한 예기가 감각을 비집고 파고든 것이다.

쩌엉!

검을 들기 무섭게 파열음이 울려 퍼지면서 클레디오 백작의 신형이 뒤로 밀려났다.

정확하게 받아냈기에 충격이 크지 않았지만 정신적인 충격은 대단했다.

고개를 드니 작은 단검에 허공에 떠 있다가 커다란 궤적을 그리며 티엘의 손에 돌아왔다. 경악으로 눈을 부릅뜬 그를 향해 웃었다.

"이건……."

"설마 검이 한 자루만 있다고 생각한 건 아니겠지?"

"……."

이를 지그시 깨문 클레디오 백작은 검을 움켜쥔 손에 힘을 주었다.

서로 전력을 발휘하지 않았지만 방금 전 충돌만으로 앞이 막막해지는 느낌이었다.

'이 정도로 실력 차이가 난단 말인가?'

막연하게 느끼고 있던 사실이지만 상황은 최악으로 흘러가고 있다는 것을 알고 있었다.

그럴수록 몸속의 피는 더욱 뜨겁게 달구어지는 듯했다. 자연스럽게 이어지는 의지의 발현은 드래곤 피어를 발산하면서 주변 대기를 단숨에 집어삼켰다.

"제대로 할 마음이 생겼군."

"방금 했던 말 돌려주지, 죽지 마라."

"내 기대를 꺾지 마라."

콰우우우!

다시 한 번 발현된 드래곤 피어의 존재감은 조금 전과 확연하게 달랐다.

주변 공기를 태워 버릴 지독한 열기가 퍼져 나가면서 티엘의 전신을 조금씩 장악해 나갔다.

거기에 그치지 않고 허공에 떠 있는 검의 궤적을 어그러뜨렸다.

드래곤의 존재감!

그것 하나만으로 주변의 공간이 구겨지고 접히면서 티엘을 압박해 나가는 것이다.

"재미있어."

미소를 지은 티엘은 따갑게 때려대는 기세를 받아내며 의지를 일으켜 검을 조종했다.

빠른 속도로 날아드는 검을 보며 클레디오 백작은 입을 지그시 깨물었다. 그리고 허공을 도약하는 순간, 단숨에 검 앞에 도달하여 그것을 후려쳤다.

꽈아앙!

대기를 갈가리 찢어버리는 굉음이 귓가를 강타했다.

조금 전과 확연하게 다른 속도와 힘이었다.

검과 의지를 연결시켰던 티엘의 미간이 살며시 일그러지면서 클레디오 백작을 바라보았다.

흐름을 끊어낸 그는 곧장 거리를 좁히면서 검을 휘둘러 왔다.

하지만 그가 다가오기까지 한 가지 관문이 더 남았으니, 바로 단검의 존재였다.

티엘이 단검을 던지기 무섭게 푸른 오러에 휩싸이면서 클레디오 백작에게 쇄도했다.

이미 한 차례 본 단검의 존재에 그는 피식 웃으며 검을 휘둘렀다.

꽝!

굉음과 함께 튕겨 나가고, 티엘은 완전한 무방비 상태가 되었다.

"끝이다."

확신이 담긴 목소리로 대결을 마무리 지으려고 할 때, 눈에 들어온 것은 웃고 있는 티엘의 얼굴이었다.

"누가 끝이라는 거지?"

"……!"

아무것도 없던 티엘의 앞에는 어느새 검이 모습을 드러내고 있었다.

대기를 가른 검은 강한 기세를 담아 단숨에 클레디오 백작을 가격했다.

"크윽! 어떻게……."

물러나며 재정비를 하려고 했지만 티엘의 검은 집요했다.

최소한의 경로로 틈을 주지 않고 강하게 압박을 가했고, 튕겨 나갔던 단검도 돌아와 클레디오 백작을 정신없이 몰아쳤다.

검의 궤적을 예측할 수 없는 점도 단점으로 작용했지만 무엇보다 그를 힘들게 만든 것은 두 자루의 검을 자유자재로 다룬다는 점이었다.

공간검이 아닌 검을 가지고 만들어낸 결과물이기에 티엘

의 두 눈에 만족감이 서렸다.

한 가지 실험이 끝났으니 이제는 다음 실험을 할 차례였다.

"이만 끝내지."

그 말이 떨어지기 무섭게 검의 움직임이 확연히 달라졌다.

자유자재로 움직이던 검이 궤적의 넘어 공간의 제약마저 무너뜨리기 시작한 것이다.

"헉!"

뒤에서 나타난 검이 날아들자 경악성을 터뜨리며 방어했지만 순식간에 균형이 무너졌다.

티엘의 검은 무자비했고, 빨랐다. 공간을 자유자재로 넘나들면서 순식간에 궁지로 몰아넣었고, 마침내 무방비 상태가 된 클레디오 백작의 몸을 강타했다.

"우욱!"

내장이 뒤집히는 느낌과 함께 뒤로 물러난 클레디오 백작의 몸이 휘청거리다가 간신히 균형을 잡았다.

"대결은 여기까지 하지."

"후욱! 후우!"

거칠게 숨을 몰아쉬었지만 클레디오 백작의 굽혀진 몸은 펴질 줄 몰랐다.

속에서 넘어오는 피를 간신히 삼키고 있는 그를 향해 한마디 했다.

"피 뽑지 마라, 아직 덜 섞였지만 돈 주고도 구할 수 없는 드래곤 블러드니까."

"……."

클레디오 백작은 아무 말도 하지 않은 채 조용히 침묵할 뿐이었다. 머릿속으로 방금 전 대결을 되짚어보았지만 어떤 수를 쓰더라도 티엘을 공략할 수 있을 것 같지 않았다.

"…어떻게 이렇게 강할 수 있지?"

"수련을 했으니까."

"수련을 하면 모두 이렇게 강해질 수 있다는 건가."

"그럴 리가. 나처럼 되는 것이 가능하다면 인간이 모든 문명을 정복했겠지."

"그럴 테지."

"아직 드래곤의 힘이 적응되지 않아서 그런 것도 있다. 오히려 이전의 힘이었다면 더 재미있게 대결을 벌일 수 있었을 테지. 한동안은 승패에 연연하지 않고 힘에 적응하는 데 모든 신경을 쏟도록."

"그러지."

"재미있었다."

탁.

두 자루의 검을 모두 갈무리한 티엘이 자리를 벗어났다.

홀로 남은 클레디오 백작은 그가 사라지기 무섭게 자리에서 무너졌다.

끝까지 자존심을 지켰지만 참아내기에는 방금 전 공격의
여파가 너무 컸다.

"제길……."

잔뜩 일그러진 얼굴로 신음을 흘리는 그였다.

제7장
외통수

"쉬운 일이 없군."

클레디오 백작을 제압하면서 티엘의 표정은 밝아져 있었
다.

짧은 순간이었지만 적잖은 소득이 있었던 대결이다.

드래곤 블러드의 힘은 생각보다 강했고, 그것에 적응하는
클레디오 백작의 능력도 수준급에 달해 있었다.

"이용 가치가 높겠지. 여러 가지 방향으로."

제국 내에서 주는 그의 이름은 굉장히 높았고, 정치적인 패
로도 유용하게 사용할 수 있었다.

거기에 그치지 않고 앞으로 얇아지는 차원의 벽에 대비하여 든든한 우군으로 둘 수도 있다.

다른 인간들은 쉬이 믿을 수 없지만 그처럼 가치관이 확실하게 잡혀 있는 존재는 오히려 파악하기가 쉬웠다. 티엘은 앞으로도 클레디오 백작과 대련을 함으로써 그를 붙잡아둘 생각이었다.

마블론이 본격적으로 무위를 드러내고 노이안 지방을 점령함과 동시에 절대강자라는 소문이 퍼져 나간 것이 그쯤 되어서였다.

"노이안 지방의 점령이라, 나쁘지 않은 성과로군."

사방이 트여 있어 방어하기에 적합하지 않은 곳이 노이안 지방이지만 티엘은 크게 염려하지 않았다.

이 부분은 이미 오래전부터 염두에 두고 있었다.

이제부터는 자신들이 아닌 윈스터 후작과 레디븐 백작의 역할로 남을 것이다.

"……."

히드로 2세는 고민에 잠겼다.

레디븐 백작이 올린 보고서의 존재가 그로 하여금 쉬이 결정을 내리지 못하게 만들었다.

"헤셀 백작령이라……."

로운 후작가의 침공으로 시작된 전쟁은 헤셀 백작가의 대패로 분위기가 굳어지고 있었다.

아직 십만이 넘는 대군을 보유하고 있지만 북쪽과 서쪽에 강대한 적을 두고 있는 헤셀 백작가의 앞날은 결코 밝지 못했다.

그중 서쪽의 강대 세력인 레디븐 백작은 히드로 2세를 찾아와서 헤셀 백작가의 토벌을 승인해 달라고 요청을 한 상태였다.

상황을 올바르게 판단할 수 있는 책사가 없는 히드로 2세로서는 오로지 자신의 판단으로 결정을 내려야만 했다.

"공작님의 생각은 어떻습니까?"

"저는 대국을 바라볼 시야가 부족합니다, 폐하."

"그래도 듣고 싶습니다."

"신이 생각하기에는 약해진 헤셀 백작가를 토벌하는 것이 최선이라고 합니다. 하지만 그것뿐, 구체적인 노림수를 생각하기에는 전문적인 공부가 부족합니다. 차라리 레디븐 백작의 책사를 불러봄이 어떻습니까?"

"레디븐 백작의 책사를?"

"예, 폐하께서 일전에 보신 카이후 책사를 추천 드리겠습니다. 그는 레디븐 백작의 책사지만 황실에 대한 충성심도 존재합니다."

"황실의 충성이라. 그것까지는 아니더라도 레디븐 백작의 의중이 무엇인지 구체적으로 파악해 둘 필요는 있을 것 같습니다."

하브리스 공작의 의견을 받아들인 히드로 2세는 곧장 카이후를 호출했다.

황궁에 있었던 그는 곧장 명령에 반응하며 대전 안으로 들어섰다.

무릎을 꿇고 예를 취한 카이후가 입을 열었다.

"부르셨습니까, 폐하."

"듣고 싶은 것이 있어 그대를 부르게 되었다."

"하명하소서."

"레디븐 백작은 헤셸 백작가를 토벌하자고 짐에게 안건을 올렸다. 그 부분에 대해 레디븐 백작이 갖고 있는 생각에 대해 듣고 싶다."

"…백작님께서는 일찍부터 헤셸 백작이 음흉한 속을 지닌 인물이라고 평해왔습니다. 폐하께서 어려움에 처했을 당시에도 황실에 대한 충성보다 개인의 사리사욕을 챙기기에 급급했던 인물입니다. 이는 폐하께 커다란 누를 끼친 것이라 볼 수 있습니다."

"단지 그것뿐이라면 이해하기가 쉽지 않군."

"그것을 제외하더라도 헤셸 백작은 제국의 혼란을 이용하여 큰 이익을 취했으며, 무수히 많은 가문이 멸문을 당해야 했습니다. 그리고 폐하께서 가장 어려울 당시, 스스로 제국을 일으킬 야망을 가진 것으로 확인되었습니다."

"칭제를 한다는 것인가?"

듣고 있던 히드로 2세의 표정이 차갑게 굳었다. 힘없이 이리저리 휘둘리던 시절 그가 가장 염려하던 것이 바로 각 지방의 영주들이 왕, 혹은 황제를 자칭하는 것이었다.

이것을 제어할 수 있는 힘이 없다면 제국의 분열은 급속도로 진행될 수밖에 없기에 민감한 반응을 보일 수밖에 없었다.

"예, 그에 관한 증거도 포착했습니다."

"그랬군."

"로운 후작가가 어떤 이유에서 공격을 감행했는지 모르지만 노이안 지방을 빼앗긴 헤셀 백작가는 조만간 윈스터 후작가의 침략을 당하게 될 것입니다. 남북으로 강적을 직면하게 된 헤셀 백작가의 멸망은 빠른 속도로 이어지는 바, 백작님께서는 속전속결로 세이주 지방을 차지하여 윈스터 후작가를 경계하고 폐하께 불경을 저지른 헤셀 백작을 토벌한다는 계획을 세웠습니다."

"의도 자체는 나쁘지 않군."

"그렇습니다. 이는 폐하께서 적극적으로 나서주신다면 황실의 위엄을 세울 수 있는 기회로 작용할 것입니다."

"무너진 황실의 위험을 세운다는 건가?"

"신의 말은 그것이 아니오라……."

직접적인 언급에 카이후는 당황한 표정으로 고개를 저어 보였다.

피식 웃은 히드로 2세가 솔직하게 말했다.

"말을 돌릴 필요는 없다. 짐 또한 황실의 권위가 예전 같지 않다는 것을 알고 있으니까."

"황공하옵니다."

"그대에게는 복안이 있나? 짐의 무너진 권위를 세울 수 있는 계책이."

"신이 어찌 계책을 아뢰겠습니까."

"레디븐 백작의 휘하에 있다고 하나 그 또한 제국의 신하. 그대는 짐에게 좋은 의견을 제시할 수 있다고 생각한다. 짐의 생각이 틀린가?"

실로 기이한 궤변이었지만 주변에서 계책을 아뢸 수 있는 인물이 없는 히드로 2세로서는 다소 억지를 부려서라도 카이후를 뒤흔들고자 했다.

아니나 다를까, 멈칫한 그는 고개를 끄덕이고 말았다. 혼란스러운 제국의 패권을 움켜쥐고자 레디븐 백작에게 충성을 맹세했지만 그 근간에서는 황실의 존재가 굳게 자리하고 있었다.

"그렇지 않습니다."

"짐 또한 마찬가지다. 그대를 곤란하게 할 생각은 없다. 가끔 짐이 부를 때 와서 주변에 돌아가는 정세를 알려주기만 하면 된다."

"예, 폐하의 명을 받들겠습니다."

"그렇게 말을 하니 한결 마음이 든든해지는군. 앞으로 잘 부탁하지."

"필요한 것이 있으시면 얼마든지 하명하소서, 폐하."

예를 취한 카이후가 대전을 벗어났다.

그 모습을 끝까지 지켜보던 히드로 2세가 하브리스 공작에게 물었다.

"어떻습니까?"

"황실에 대한 충성심이 적지 않은 것으로 확인되었습니다."

근위기사단장인 그의 안목이 가장 발달한 부분은 사람이 제국에게 충성을 바치는 여부였다.

그가 이끄는 근위기사단도 모두 황제에게 맹목적인 충성을 바치는 집단이다. 근래 들어 기강이 무너졌지만 모두 황실에 대한 충성심이 굳게 자리했다.

"하지만 언제 돌변할지 모르는 인물입니다."

"알고 있습니다. 하지만 활용하기에 따라서 짐에게 유용한 인물이 될 수 있을 테지요."

"맞는 말씀입니다."

그 부분까지는 부인할 수 없기에 하브리스 공작은 긍정을 표했다.

그러면서 한편으로는 안타까운 마음이 들었다.

제국 내에 기라성 같은 인재들이 존재하고 있는데 황제의 입맛대로 선별해서 활용할 수 없다는 현실이 비열했고, 불공평했다.

하지만 허수아비 황제 역할을 했던 히드로 2세로서는 사용할 수 있는 패가 늘어났다는 것만으로도 만족스러운 표정이었다.

"카이후라."

제국의 정세를 한눈에 꿰뚫어 보고 제국을 주무르는 책사의 존재에 히드로 2세는 적잖은 욕심을 드러냈다.

"이런 일이 벌어지다니."

낭패한 표정을 지은 카본 대공은 고개를 절레절레 저었다.

클레디오 백작과 만나기 위해 영지로 향한 그는 로운 후작의 휘하에 들어갔다는 소식을 접하고 한동안 아무런 말도 할 수 없었다.

그토록 오만하고 주변을 둘러볼 줄 모르던 인물이 로운 후작에게 향하다니.

충격적이었고, 한편으로는 세워놓은 계획에 차질이 빚어졌다는 것을 깨달을 수 있었다.

클레디오 백작이 로운 후작령에 있다면 한 번에 강한 적 두 명을 맞이하게 된다. 이것은 카본 대공에게 커다란 부담감으로 다가왔다.

"정령의 힘을 얻었어도 토종 강자들을 무시할 수는 없는 노릇이지."

자칫 둘에게 협공을 당하기라도 하면 자신의 운명도 끝이었다.

그것만큼은 바라지 않기에 부지런히 머리를 굴리면서 생각에 생각을 거듭했다.

"이대로 돌아가기에는 자존심이 서지 않고, 가자니 부담이 되고."

로운 후작은 대외적인 활동을 거의하지 않는 인물이었고 만나고 싶어도 마음대로 볼 수 있는 사람 또한 아니었다.

두 가지를 놓고 고민에 고민을 거듭하던 그는 결정을 내릴 수 있었다.

"계획을 세워놓았으니 중도에 바꿀 이유는 없다. 여차하면 로운 후작, 네 녀석부터 제거해 주도록 하지."

결심을 굳힌 카본 대공의 발걸음은 남쪽으로 향하고 있

었다.

"윈스터 후작가에서 진군을 시작했다고 합니다. 적의 숫자
는 십만."

"……"

전령의 보고에 장내는 살얼음이 뚝뚝 떨어지는 듯한 침묵
이 내려앉았다.

노이안 지방을 잃은 상황에서 또 하나의 적이 늘어났다는
사실은 절망 그 자체였다.

"지금 돌아가는 상황이 어떻지? 말해봐라, 어서 내게 말해
보라고!"

"……"

살벌한 고함이 터져 나왔지만 그 누구도 대답할 수 없었다.

그만큼 현재 상황은 최악으로 달리고 있는 것이다.

호기롭게 군의 지원을 요청하던 라이튼 자작은 마블론과
의 첫 전투에서 포로로 전락하고 말았다.

그가 절대강자의 반열에 올라섰고, 철저한 준비를 바탕으
로 전투를 벌였다고 하나, 큰 피해를 입은 헤셀 백작의 입장
에서는 절대 좋게 생각할 수 없는 사안이었다.

지금만 해도 당장 모든 것을 뒤집어엎고 싶은 충동이 들었
지만 자칫 내부에서 가문이 붕괴할 수 있기에 필사적으로 억

누르고 있었다.

다시 한 번 무거운 침묵이 내려앉을 무렵, 전령이 안으로 들어와 보고했다.

"주군!"

"뭐냐?"

"레디븐 백작이 황제 폐하의 윤허를 받아 십오만 대군을 집결시키고 있다고 합니다."

"……."

십만, 그리고 십오만.

윈스터 후작가와 레디븐 백작이 동원한 숫자였다.

밑에는 노이안 지방을 장악하고 있는 로운 후작군이 오만이었다. 마음만 먹으면 언제든지 십만에 가까운 군을 동원할수 있었다.

"최악이군."

헤셀 백작의 중얼거림은 모든 이의 생각과 다를 바 없었다.

차라리 항복을 할까, 그러면 어떤 형태로 협상이 가능할까.

윈스터 후작은?

절대 협상이 불가능하다. 휘하에 들어가는 것도 물론이거니와 적통을 물려받지 못한 반푼이에게 항복을 하는 일은 있을 수 없었다.

그렇다면 레디븐 백작은?

마찬가지였다.

히드로 2세를 존중하는 척하면서 위선자의 탈을 쓴 레디븐 백작은 윈스터 후작보다 더 정치적이고 실리를 챙기는 녀석이었다.

항복을 하더라도 결국 모든 것을 잃고 제거될 것임이 분명했다.

로운 후작은?

오래전부터 불화를 겪어왔고, 두 가문보다 상대적으로 군사 숫자를 동원할 수 있는 숫자가 적은 만큼 투항한다는 것은 있을 수 없다.

결국 항복은… 없다!

"모든 군을 집결시킨다. 중요하지 않은 거점은 버리고 최대한 웅크리고 전력을 모은다. 그리고 한 번의 기회를 포착해서 상황을 뒤집는다."

모든 전력을 집중시킨다면 양측이 연합을 하더라도 버텨낼 수 있었다.

새파랗게 빛나고 있는 헤셀 백작의 눈이 지금의 심정을 대변하고 있었다.

"돌아가는 상황이 재미있게 되었군."

군사부에 들른 티엘은 급박하게 흘러가는 헤셀 백작의 상황을 보며 웃었다. 토릭슨도 고개를 끄덕이며 미소를 지어 보였다.

"예! 고메즈 백작님의 활약으로 노이안 지방을 차지하게 되니 자칫 세이주 지방까지 집어삼킬 것을 염려한 모양인 것 같습니다."

"원하는 것을 얻었으니 남은 것은 더 얻기 위해 다투는 두 가문의 재롱을 지켜보면 되겠지, 그다음 계책은 준비되었나?"

"예."

티엘이 군사부에 들러 이야기를 나누는 것은 이미 예정된 수순이었다.

노이안 지방을 차지하는 것으로 목적한 바를 이루었지만 확장보다 중요한 것이 현상 유지였다. 이미 군사부 책사들은 그 부분에 대해 심도 깊은 논의를 하고 이미 결론을 내린 상황이었다.

"계획은?"

"우선 윈스터 후작가의 움직임을 주시해야 합니다. 그에 따라 두 가지 방안을 마련해 놓았습니다."

"말하도록."

"예, 우선 윈스터 후작가에서 군을 동원하여 남진을 시작했지만 윈스터 후작이 아닌 차남 레임과 그를 따르는 채블린이 전쟁을 주도하고 있는 상황입니다. 윈스터 후작이 직접 나서지 않는 만큼 군의 규모는 한정적일 수밖에 없고, 작전의 범위도 제한될 것입니다. 하지만……."

"윈스터 후작이 직접 나설 경우도 있겠군."

"그렇습니다. 윈스터 후작은 헤셀 백작과 친척 사이지만 사이는 남보다 못하다고 할 정도로 앙숙 관계입니다. 단일 세력으로 가장 큰 힘을 쥔 그가 약화된 헤셀 백작을 놓치려 들지 않을 것입니다. 현재로써는 직접 개입의 가능성을 높게 치고 있습니다."

"그럴 경우를 상정하고 계책은 어떻게 세웠지?"

윈스터 후작이 본격적으로 움직인다면 헤셀 백작가는 오래 버티지 못하고 움직일 것이다. 그리 되면 개방된 노이안 지방에서 윈스터 후작가라는 강대한 가문을 맞이하게 된다.

"레디븐 백작을 충동질하는 것입니다."

"충동질이라."

"세이주 지방을 잃게 되면 레디븐 백작은 윈스터 후작이 황도로 손쉽게 진출할 수 있는 길을 내어주게 되는 것입니다. 그걸 알기에 레디븐 백작도 필사적으로 세이주 지방을 손에 넣으려 들 것입니다. 세이주 지방은 윈스터 후작가의 남진을 가로막음과 동시에 본가를 압박할 수 있는 중요한 수단이기 때문입니다."

"윈스터 후작의 남진을 대비하고 사방이 트인 노이안 지방에 간접적인 위협을 가하겠다는 뜻이로군. 나쁘지 않은 방향이군. 하지만 레디븐 백작과 윈스터 후작은 친구 사이다."

둘은 오래전부터 친분을 유지해 왔고, 아직까지 그 관계가 이어지고 있는 중이다. 하지만 토릭슨의 생각은 다른 듯 고개를 저어 보였다.

"친구이기에 오히려 경쟁심을 발휘할 수 있을 것입니다. 둘의 사이는 급속도로 나빠지는 것은 물론, 세이주 지방을 차지하기 위한 충돌을 일으킬 것입니다."

"확신하나?"

"그렇게 만들 것입니다."

"두 가문의 책사들이 만만치 않을 텐데."

"알면서도 당하게 만드는 것입니다. 본가가 노이안 지방을 차지한 이상 두 가문은 결말을 알면서도 피를 흘릴 수밖에 없을 것입니다. 두 가문의 책사들이 제국의 정세를 꿰뚫는다고 하지만……."

말끝을 흐린 토릭슨은 제이론과 클리멘트 남작을 보며 작게 고개를 끄덕였다.

그것은 자신감이 넘치는 남자의 모습이었다.

"숨겨놓은 패가 많은 본가가 손해를 볼 가능성은 없다고 봐도 무방합니다."

그것은 확신에 가까운 호언이었다.

아니나 다를까, 상황이 기이하게 돌아가자 윈스터 후작가와 레디븐 백작가가 모두 분주하게 움직이기 시작했다. 헤셀 백작가가 존재하는 세이주 지방을 누가 차지하느냐에 따라 향후 정세에 큰 변화를 일으킬 수 있었던 것이다.

윈스터 후작의 입장에서 남쪽으로 향할 수 있는 길이 필요했고, 천혜의 요새이자 길목이기도 한 세이주 지방은 반드시 필요한 곳이었다.

반대로 윈스터 후작가를 견제하려는 레디븐 백작의 입장에서는 윈스터 후작과 결전을 벌이는 한이 있더라도 세이주 지방을 차지해야 했다. 단일 세력으로 최강의 전력을 자랑하는 윈스터 후작이 날뛸 수 있는 여지를 주면 그다음은 여지없이 자신이 될 수 있음을 짐작한 것이다.

상황이 이렇게 흘러가자 두 가문은 서로 충돌을 일으킬 수밖에 없음을 깨닫게 되었다.

윈스터 후작가와 레디븐 백작가.

최강의 단일 세력과 황실을 등에 업은 두 세력의 힘겨루기가 불가피해진 것이다.

정보를 전해 들은 윈스터 후작은 실소를 흘리고 말았다.

"당했군."

"송구합니다, 주군. 신의 재능이 부족하여 이런 일이 벌어 졌습니다."

고개를 숙인 질렛이 죄를 청했지만 윈스터 후작은 손을 저 어 보였다.

"괜찮다. 로운 후작가에서 또 한 명의 절대강자를 숨겨두 고 있을 줄은 몰랐으니까. 드러내지 않고 숨겨놓은 것을 알아 낼 수 없는 노릇이다. 노이안 지방을 차지한 공을 인정할 수 밖에."

레디븐 백작가와 첨예하게 대립을 이유는 아이러니하게도 로운 후작가가 노이안 지방을 차지해서였다.

세이주 지방이 중요한 곳이기도 하지만 로운 후작가가 노 이안 지방을 차지했을 때와는 다르다.

그들이 곡창지대인 그곳을 손에 넣음으로써 도약의 발판 을 마련하니, 자신이나 레디븐 백작 모두 몸이 달아오를 수밖 에 없는 것이다.

세이주 지방은 남쪽으로 향할 수 있는 통로 역할을 하면서 동시에 로운 후작가의 전력이 노이안 지방으로 집중되도록 유도할 수 있었다.

레디븐 백작도 세이주 지방의 가치를 알아차렸기에 물러 날 수 없는 상황이 조성되었다.

"레임이 십만의 군을 이끌고 진군했지."

"예, 현재 순조롭게 세이주 지방 북부를 차지한 상황입니다."

"레디븐 백작은 서쪽을 점령했고."

"헤셀 백작이 단단히 웅크리고 주요 요새를 지키고 있기에 커다란 성과라 보기는 힘듭니다."

상황의 열세를 감지한 헤셀 백작은 모든 군을 집결시켜 주요 도시에 단단히 웅크리고 방어 태세를 갖추고 있는 상황이다.

결국 그곳들을 누가 더 빠르게 함락시키느냐가 이번 전쟁의 향방을 가를 것이다.

"레디븐 백작은 십오만 군을 동원했다고 했지?"

"황제 폐하의 윤허를 받아냈다고 합니다."

"그럴 테지, 어렸을 때부터 잔머리는 하나 좋은 녀석이었으니까."

황실의 지원을 등에 업으면 레디븐 백작도 윈스터 후작가 못지않은 힘을 발휘할 수 있다.

레임이 십만을 동원했지만 레디븐 백작이 십오만을 동원한 것도 그 맥락이다.

병사의 숫자에 비례하지는 않지만 점령지를 다스리거나 공격을 할 때 반드시 필요한 숫자이기도 했다.

생각에 잠긴 윈스터 후작을 향해 질렛이 조심스럽게 간언했다.

"그리퍼 공자님은 어떻습니까?"

"그리퍼를?"

"예, 현재 그리퍼 공자님은 북부 전선에서 위협을 가하지 않는 적과 대치하고 있습니다. 그들을 상대로 시간을 허비하게 두는 것보다 헤셀 백작을 굴복시키는 데 힘을 보태게 하면 어떨까 싶습니다."

"두 녀석을 경쟁하게 하란 뜻이군."

"그런 점도 없지 않아 있습니다."

"그리퍼라."

두 아들 모두 특출 나진 않지만 가문을 이끌 만한 재능은 지니고 있었다. 윈스터 후작이 의도적으로 경쟁 관계를 조장한 것은 누가 후계자가 되더라도 최대한 치열하게 경험을 쌓을 수 있게 한 것이다.

"좋다, 그리퍼를 보내도록. 이참에 누가 더 재능이 뛰어난지 판별해 보는 것도 나쁘지 않겠지."

윈스터 후작이 결정을 내렸다. 레디븐 백작에게 세이주 지방을 넘겨줄 수 없다는 의지가 그의 내면에서 활활 타오르고 있었다.

윈스터 후작이 결정을 내린 가운데, 레디븐 백작 또한 급박하게 돌아가는 상황을 체크하면서 카이후와 세부적인 작전을 수립하고 있었다.

"윈스터 후작이라면 더 많은 병력을 동원할 것이다."

"어떻게 확신하시는 것입니까?"

"그 녀석은 예전부터 그래 왔지. 욕심이 없는 척 모든 것에 초탈한 모습을 보였지만 그 이면에 드러난 것은 탐욕스러운 괴물이었다. 누구에게도 지는 것을 싫어하고, 원하는 걸 얻어야 직성이 풀렸지."

"세이주 지방을 차지하려 들겠군요."

"작정하고 덤빌 것이다. 내가 원하는 것은 본격적인 전력을 동원하기 전, 속전속결로 상황을 마무리 짓는 것이다. 카이후, 가능하다고 보나?"

"충분히 가능한 일입니다."

카이후가 자신만만하게 대답했다.

레디븐 백작이 기대감 서린 눈으로 바라보니, 자신의 생각을 털어놓았다.

"케빈 경과 책사 제이안은 충분한 경험을 쌓아 이제 제 몫을 할 수 있는 수준에 올라섰습니다. 그들이 이끄는 십오만 대군은 현재 세이주 지방 서부를 차근차근 점령하고 있습니다. 조만간 헤셀 백작이 있는 곳에 도달할 것입니다."

"그것만으로 부족하다. 윈스터 후작이 군을 더 동원하면

탄력을 받는 것은 저쪽이다."

"예. 그래서 주군께 권하길, 폐하의 지원을 더 끌어내는 것이 어떻습니까."

"폐하의 지원을?"

"황제 폐하가 움직여 주신다면 삼십만이 넘는 대군을 동원할 수 있습니다. 주군께서 속전속결을 원하신다면 이용할 수 있는 모든 것을 동원하여 단숨에 적을 공략하셨으면 좋겠습니다."

"폐하의 지원이라……."

생각에 잠긴 레디븐 백작이 작은 목소리로 중얼거렸다.

현재 세이주 지방으로 진군한 십오만 대군 중 십만이 넘는 숫자는 레디븐 백작의 개인 전력이다. 본인의 영지와 얼마 전 얻은 라이오너 후작령의 기병이 합쳐진 십만 대군, 그리고 황도 인근에서 징집된 오만이 합쳐진 숫자였다.

여기에 황제의 지원이 곁들어지면 스스로 보유한 숫자보다 지원받은 것이 더 늘어나게 된다.

하지만 레디븐 백작이 망설이는 이유는 자칫 황실에 주도권을 내어줄 수 있어서였다.

주도권 싸움!

한때는 허수아비로 전락했던 히드로 2세였지만 이제는 만만히 볼 수 있는 수준이 아니었다.

절대강자인 카본 대공과 하브리스 공작의 존재감만으로 방심하면 자칫 먹혀 버릴 수 있는 상황을 초래할 수 있다.

"지원이 최선인가?"

"윈스터 후작가의 힘을 압도하기 위해서는 폐하의 지원이 필요합니다."

"틀린 말은 아닌데."

탁탁.

레디븐 백작은 손가락으로 탁자를 두드리며 깊은 생각에 빠졌다.

마음 같아서는 좀 더 병사를 쥐어짜내고 싶었지만 상황이라는 것이 마음처럼 쉽게 돌아가지 않는다는 걸 알고 있다.

"일단 폐하께 아뢰도록 하지."

"그 부분에 대한 계책을 준비하도록 하겠습니다."

콰우우우!

강렬한 드래곤의 존재감이 피부를 파고들기 무섭게 허공에서 사그라졌다. 잠깐의 시간 동안 공간을 장악했던 힘이 씻은 듯이 사라지자, 티엘의 입가에 미소가 맺혔다.

"이제는 드래곤 피어를 제어할 수 있게 되었군."

"매일 형편없이 당하고 있는데 이 정도도 활용하지 못하면 이상하겠지."

"모르는 사람이 보면 드래곤이 폴리모프를 한 것처럼 보이겠군."

"본 적이 있나?"

"물론… 없지."

시간을 거슬러 올라오기 전에는 보았지만 지금은 본 적이 없기에 어깨를 으쓱하는 것으로 대답을 대신할 뿐이었다.

"마치 잘 아는 듯이 말하는군."

"그랬나?"

스스로 생각해도 당당하기 그지없는 태도가 아닐 수 없었다. 모르는 사람이 보면 마치 만나본 것처럼 이야기를 하고 있었으니까.

"혹시 드래곤인가?"

"내가 드래곤처럼 보이나?"

"거칠 것 없는 행동과 오만함, 나이에 어울리지 않는 능력을 보면 아무것도 모르는 사람들은 드래곤이라 의심해도 지나치지 않지."

"하, 그렇군."

충분히 그런 오해를 살 수도 있다는 생각을 하게 되자 티엘은 헛웃음을 흘렸다.

어처구니없는 억측이 아닐 수 없지만 확실히 드래곤으로 보일 수도 있었다.

"드래곤 하트의 힘을 지니고 있어서가 아니라는 건 알고 있겠지."

"물론."

"그럼 확실히 말하지. 난 드래곤이 아니라 인간이다. 쓸데 없는 의무를 짊어져서 스스로 대단하다고 여기는 드래곤과 나를 비교하지 말도록."

티엘이 본 드래곤의 존재는 그러했다.

지독하게 오만하며 자신이 짊어진 의무에 대해 자부심을 내세우는. 그것이 결국 드래곤의 성세를 갉아먹고 있음에도 조치를 취하지 않는 그들의 오만한 행태는 티엘의 마음에 들 지 않았다.

"…나도 드래곤 피를 이어받아서인가? 그 말이 그리 좋게 들리지 않는군."

"동화가 꽤 진행된 것 같아서 나쁘지 않은 성과 같군."

드래곤 특유의 기질 같은 것은 그다지 염려되지 않았다.

클레디오 백작은 이미 드래곤과 같은 오만함을 지니고 있 으니까. 그러한 성격의 존재 유무는 주변 사람들로 하여금 이 질감을 느끼지 못하게 만들었다.

"그럼 난 인간이 아니게 되나?"

"그렇게 들릴 수도 있겠지. 그리고 사실이기도 하고. 인정 할 것은 인정해라. 드래곤 하트의 힘을 받아들인 이상 넌 인간이 아니다."

"…꽤 매섭군."

"사실이니까."

"앞으로도 부탁하지. 수련을 하면 실력이 느는 것은 사실
이니까. 그나저나 이제 인간이 아니라는 것은 마음을 복잡하
게 만드는군."

자조 섞인 목소리에 티엘은 다른 말을 하지 않고 어깨를 으
쓱일 따름이었다.

클레디오 백작은 하루가 다르게 강해지고 있고, 드래곤의
권능도 자각하고 있었다. 이것이 화인지 복인지 모르겠지만
티엘은 지금 상황을 바라보기로 결정을 내렸다.

수련을 마친 티엘은 예상치 못한 크레티아의 방문에 의아
한 표정을 지으며 그녀를 맞이하였다.

"갑자기 무슨 일이지?"

"드리고 싶은 말이 있어서요."

"나한테?"

"네, 꼭 하고 싶은 말이 있어요."

"말해봐라."

한창 아기를 돌볼 시간임에도 자신을 찾은 그녀의 모습이
의아하기만 한 티엘이었다.

하지만 이어지는 그녀의 말을 듣는 순간 고개를 끄덕일 수밖에 없었다.

"로웰린 언니는 언제 오시나요?"

"갑자기 그건 왜 묻지?"

"궁금해서요. 전 아직도 로웰린 언니가 드루윙 백작령으로 간 사실을 납득하지 못하겠어요."

로웰린과는 힘들고 어려운 시절을 함께한 크레티아였기에 그녀를 생각하는 마음 또한 각별할 수밖에 없었다.

"그녀에게도 사정이 있다. 그것은 네가 이해하기 힘든 종류의 것이지."

"어떤 건데요?"

"아이를 갖지 못한 여자의 심정이라고 해야겠군."

"그래도, 후작님이 곁에 있어주시면 되는 문제라고 생각해요."

이곳에 오기 전 카롤리나에게 같은 말을 들었던 그녀였다. 하지만 여전히 납득이 가지 않는 표정이었다. 결국 티엘은 피식 웃으면서 물었다.

"아이를 가졌기에 그 심정을 이해하지 못하는 건 아닌가?"

"……."

"나도 그 심정을 이해할 수 없다. 남자니까 임신하지 못하는 여자의 입장을 알지 못하겠지. 하지만 한 가지는 분명하다. 네가 임신하고, 카롤리나가 임신하면서 로웰린은 힘들어했다."

"알고 있어요."

"아는 것만으로 안 돼. 지금 가문의 상황이 얼마나 급박하게 돌아가고 있는지 정도는 알고 있겠지? 그 모든 것이 로웰린을 힘들게 만들었고, 더 이상 견뎌내지 못할 것 같아서 돌려보낸 것이다."

"…그럼 저 때문인가요?"

말문이 막혔던 크레티아가 힘들게 질문을 던져왔다. 그에티엘은 조용히 고개를 저어왔다. 임신이라는 것이 마음대로할 수 없는 요소인 만큼 모든 것은 우연이란 게 개입되어 있었다.

"하아!"

"죄책감을 가질 것도, 이상함을 느낄 것도 없다. 드루윙 백작령에 내려가는 것도 로웰린의 결정이고, 나는 옆에서 말을한 것뿐이니까."

"그럼 무엇이 최선일까요?"

"로웰린이 마음을 다스리고 오는 걸 기다리는 수밖에 없다. 참고 기다리면 마음을 정리하고 오겠지."

"기다려야겠네요."

"믿고 기다려라. 그녀는 결코 약한 여인이 아니니까."

제국의 식견을 논하는 학자들은 로운 후작가의 노이안 지방 침공을 두고 많은 말을 했다.

　그동안 지닌 힘에 비해 지나치게 안전제일주의적인 모습을 보였다고 평가받던 곳이 로운 후작가였다.

　그들이 아이주 지방을 공략에 나선 것도 여타 다른 영주들이 바짝 기세를 올려 움직일 때보다 한참 늦은 후였으며, 그마저도 헤셀 백작가에게 기회를 내주었다가 간신히 차지할 수 있었다.

　지닌 힘에 비해 지나치게 욕심이 없는 곳.

　그곳이 바로 로운 후작가였고, 로운 후작이었다.

　가신들에게 모든 권한을 떠민 것도 파격이었지만 능력이 뛰어난 가신들을 중용하는 모습은 칭송을 받기에 부족함이 없었다.

　그런 와중에서 노이안 지방의 침공과 절대강자가 되어 나타난 마블론 고메즈 백작의 존재는 큰 파란을 일으켰다.

　제국 최대 곡창지대 중 한 곳을 차지하여 국가의 초석을 닦은 로운 후작가로 하여금 더 이상 욕심을 부리지 않는 가문이란 타이틀을 사용할 수 없게 된 것이다.

　무엇보다 마블론 고메즈 백작이 절대강자가 된 것을 숨기고 결정적인 순간에 드러낸 것은 보통 참을성이 아니고서는 힘든 것이었다.

이러한 소문들은 하나둘씩 와전되기 시작했고, 몇몇 학자는 로운 후작에 대외적으로 이미지를 관리하면서 개국의 꿈을 가지고 있다고 판단을 내리기에 이르렀다.

그것은 남진을 하던 카본 대공 또한 비슷한 생각이었다.

노이안 지방의 장악과 마블론이 절대강자가 되었다는 소식에 표정을 굳혔다.

"로운 후작 네놈이……."

세 지방을 집어삼킨 로운 후작은 당장 왕위에 올라도 손색이 없는 전력을 손에 넣었다.

가뜩이나 황제에 대한 공경심을 보이지 않던 것이 로운 후작이었고, 그것을 괘씸하게 여기고 있던 카본 대공이었다.

그런데 여태까지 숨기고 있는 것이 속속 드러나기 시작하자 반드시 제거해야 한다는 위기감이 들었다.

"클레디오 백작 놈도 뜻을 같이했다는 것은 틀림없는 반심의 증거."

여기에 마블론까지 더하면 절대강자 세 명을 보유하게 되는 것으로, 이미 한 왕국의 전력을 사실상 능가하는 모습을 보였다.

클레디오 백작령에서 셰어드 요새에 도착하기 전까지 고민에 고민을 거듭하던 카본 대공이다. 두 명의 절대강자가 있는 만큼 자신 혼자 감당하기 힘들다는 생각을 하고 있었고, 이대로 황도에 돌아가 전력을 증강시키는 데 힘을 쓰려고 생각을 굳히고 있었다.

하지만 마블론이 절대강자가 되었다는 사실은 결심을 뒤집게 만들었다.

"전쟁이 끝난 뒤에 가면 늦는다. 한 명이라도 적을 때 제거해야겠지."

두 명이라면 어떻게든 해낼 수 있을 터였다.

새파란 안광을 발산한 카본 대공은 빠른 속도로 로운 후작령을 향해 나아가기 시작했다.

크레티아의 방문은 티엘로 하여금 머릿속에 한 가지 고민을 더 떠안게 만드는 문제를 야기했다.

여자와의 관계가 아직까지 익숙하지 않은 그로서는 여러 가지 생각이 머릿속을 맴돌았지만 뚜렷한 해결책은 나오지 않았다.

로웰린의 경우에도 드루윙 백작령으로 가서 머리를 식힌 뒤 돌아오면 된다는 간단한 생각을 하고 있었지만 정보부의 조사에 의하면 몇몇 이는 사실상 티엘에게 버려진 것으로 생각하고 있었다.

이렇게 상황이 흘러가서는 안 된다.

그것이 티엘의 생각이었다.

고민에 고민을 거듭하던 그는 정면 돌파를 하기로 마음먹고 마리아를 찾았다.

그녀는 한눈에 티엘이 찾아온 이유에 대해서 파악해 냈다.

"로웰린의 문제 때문이구나."

"맞습니다. 그 부분을 어떻게 해결해야 할지 고민이 많습니다."

"하긴, 여자관계가 익숙한 게 아니었으니 여러모로 머릿속이 복잡했을 것이다."

"아직도 그렇습니다."

세 명의 부인을 두었지만 그녀들 스스로 다가왔을 뿐, 티엘이 직접 다가간 적이 없었다. 절실하지도 않고, 맹목적이지도 않으니 언제나 냉철한 판단을 내릴 수 있었지만 남녀 간의 관계는 그러한 이성만으로 판단하는 것이 아니었다.

마리아는 그 부분을 지적하고 싶었지만 고치려고 해도 고칠 수 없는 것이란 걸 잘 알고 있었다. 만약 바뀔 수 있다고 여겼다면 진즉에 조언을 했을 것이다.

"한 가지만 묻자, 너는 로웰린 그 아이를 버릴 생각이니?"

"그렇지 않습니다. 그녀를 그곳으로 보낸 건 잠시 쉬라는 의미에서였지, 버리고자 하는 의도가 있어서 그런 것이 아닙니다."

"그럴 테지. 하지만 권력의 방향에 민감한 이들은 다르게 받아들일 수 있는 사안이란다. 말이 나오지 않게 하려면 그 부분까지 고려했어야 하겠지."

"제가 부주의했습니다."

"단순히 부주의했다는 말로 끝나면 안 된단다. 이미 몇몇 사람은 안 좋은 인식을 가지게 되었고, 그건 로웰린이 돌아온다고 해도 크게 달라지지 않을 거란다."

"어떻게 해야 합니까?"

청산유수처럼 흘러나오는 마리아의 말에 티엘은 집중하면서 물었다.

하지만 그녀의 입에서 흘러나온 대답은 다분히 기대 이하의 것이었다.

"그 아이를 더 사랑해 주렴."

"…그게 끝입니까?"

"남녀 간의 일은 단번에 상황을 뒤집을 수 있는 방법이 그리 많지 않단다. 더 애틋하게 보듬어주고 사랑해 주면 세간의 시선은 자연히 바뀌니 너무 급하게 여기지 마렴."

급하게 돌아가지 않고 천천히 가라.

남녀 간의 관계나 검을 수련하는 단계나 크게 다를 것이 없었다.

"복잡하면서 단순한 문제였군요. 그리고 제가 너무 급하게 굴었다는 것을 알게 되었습니다."

"사람은 누구나 곤경에 처하면 빠르게 처리할 수 있는 방안을 찾으려고 하지. 하지만 그것이 오히려 더 큰 여파로 다가올 수 있단다. 나는 네가 여자관계에서 좀 더 착실하고 헌신적으로 바뀌었으면 하는 마음을 가지고 있어. 힘들겠지?"

어찌 보면 아들이기 이전에 한 가문의 주인인 그에게 지나친 개입을 하려는 것처럼 보일 수도 있었다. 하지만 마리아가 원하는 티엘은 그저 강한 무위를 지닌 것만이 아닌, 좀 더 주변 사람들을 이끌고 능력을 발휘하면서 손이 귀한 가문을 번창하게 만들어주었으면 하는 바람이 있었다.

말을 한 뒤 후회가 엄습했지만 흘러나온 티엘의 대답은 예상 밖의 것이었다.

"노력해 보겠습니다."

"정말이니?"

"어머니가 제게 나쁜 의도로 그런 말을 할 리 없다고 생각합니다. 어머니가 바라시는 바라면 저도 최선을 다해서 노력을 하는 것이 옳겠지요."

"고맙다, 정말 고마워."

"아닙니다, 오히려 제게 아낌없이 조언을 해주시니 제가 감사의 인사를 드려야 한다고 생각합니다."

"…나는 정말, 감격스럽구나."

전보다 훨씬 긍정적이고 폭 넓게 사람의 의견을 받아들이게 된 티엘의 모습에 흘러내리는 눈물을 훔쳐내는 마리아였다.

그 모습을 보며 티엘은 담담한 미소를 지어 보였다.

그것은 세상에서 가장 믿음직한 아들의 모습이었다.

제8장
카본 대공의 역습

카본 대공이 자리를 비움에 따라 히드로 2세는 하브리스 공작을 곁에 두고 황실의 권위를 회복하기 위한 노력을 기울이기 시작했다.

　다행히 레디븐 백작은 황제를 존중하고 예의를 갖추는 인물이었다. 그 틈을 파고든 히드로 2세는 조금씩 황실의 권위를 확장시키면서 근위기사단의 장악력을 높여 나갔다.

　마음 같아서는 정계 귀족들을 휘하에 두고 싶었지만 권력에 취한 그들이 얼마나 위험한지 알고 있는 히드로 2세로서는 자신의 확고한 지지기반인 근위기사단을 먼저 챙길 수밖에 없었다.

그리고 정령의 계약을 두고 가장 먼저 선정된 것은 근위기사단의 세 부단장 중 한 사람인 수석 부단장 올름도 자작이었다.

"신 올름도 자작이 인사드립니다."

"어서 오라, 올름도 자작."

올름도 자작은 오십 대 후반의 기사로, 십오 년 전에 마스터 칭호를 부여받은 인물이다. 강직하고 원리원칙을 중시하는 그는 근위기사들을 강렬한 카리스마로 장악하고 있었다.

하브리스 공작이 근위기사단장직을 사임했을 때는 임시 근위기사단장이 되어 히드로 2세를 보필하기로 했다.

"그대를 부른 것은 짐이 한 가지 제안을 하고 싶어서다."

"폐하, 신에게 하실 것은 제안이 아닌 하명입니다. 신이 할 수 있는 일이라면 얼마든지 명하여 주십시오."

"짐은 그대에게 일생일대 운명을 걸 부탁을 하려고 한다."

"……"

심상치 않은 히드로 2세의 기세에 올름도 자작도 긴장한 표정으로 그를 바라보았다.

"그대는 엘리멘탈 프로젝트라는 것을 알고 있나?"

"들어보지 못했습니다."

"그럴 수밖에. 엘리멘탈 프로젝트는 고대에 존재한 최강의 비기다."

"대단한 것이었군요."

히드로 2세가 엘리멘탈 프로젝트를 시행하려고 하는 첫 대상자를 올름도 자작으로 꼽은 것은 그가 근위기사단에 들어온 지 삼십여 년이란 시간 동안 한결같이 충성을 바쳐 왔기 때문이다.

그의 가문은 황실 직할령에 속한 작은 도시였지만 단 한 번도 권력을 탐하거나 재물을 원하는 모습을 보이지 않았다.

황제에게 절대적인 충성을 바치는 인물이기에 하브리스 공작과 함께 첫 번째 대상으로 삼았다.

"그 비기를 그대에게 전수하고 싶다면 어떻게 생각하는가?"

"제게 말씀입니까?"

"그렇다, 짐은 그대에게 힘을 주고 싶다."

"…엘리멘탈 프로젝트라는 것이 무엇인지 모릅니다. 익히려면 저보다 좀 더 젊고 유망한 인물에게 적용하는 것이 옳다고 생각되옵니다."

올름도 자작의 결정은 거절이었다. 엘리멘탈 프로젝트라는 것이 뛰어난 비기라고 해도 자신은 기사로서 황혼기에 들어가는 상황이었다. 새로운 무언가를 배우고 숙달시키는 것이 젊은 기사들에 비해 한참 뒤처질 수밖에 없었다.

"그것은 걱정할 이유가 없다, 하브리스 공작."

히드로 2세의 지명에 앞으로 나선 하브리스 공작이 올름도 자작을 바라보며 말했다.

"올름도 자작."

"예, 단장님."

"그대는 모든 전력을 발휘하면 나의 공격을 몇 번이나 받아낼 수 있나?"

표정을 굳히고 생각에 잠기는 올름도 자작.

그리고 조심스럽게 눈치를 살피더니 자신의 생각을 털어놓았다.

"외람된 말이오나 열 합은 막아낼 수 있으리라 생각합니다."

"겸손하게 말하는군. 그대라면 충분히 오십 합은 버텨낼 것이다."

"아닙니다."

절대강자에 가장 근접한 마스터 중 한 사람으로 꼽히는 올름도 자작이었지만 그 차이는 엄연히 존재했다. 도달한 자와 근접한 차이는 어마어마했기에 올름도 자작은 겸손하게 대답을 했다.

"하지만 지금의 난 그대를 한 수에 제압할 수 있다."

"아무리 단장님이라고 하셔도 그것은 힘들 것입니다."

"가능한 걸 말했을 뿐이다. 내가 지금 그대에게 허언을 하는 것 같나?"

"……."

도발 섞인 하브리스 공작의 말에 올름도 자작의 표정도 딱딱하게 굳었다. 겸손을 보였지만 실력에 대한 자부심은 엄연히 존재했다.

"지금부터 그것을 보여주지."

"허락한다."

올름도 자작이 묻기도 전에 히드로 2세는 검을 뽑아도 된다고 말했다.

스르릉.

자리에서 일어선 올름도 자작은 검을 뽑아 들고 경계 태세를 갖추었다. 대화의 흐름으로 보면 하브리스 공작이 엘리멘탈 프로젝트의 비기를 익힌 것으로 추측되었지만 한 수에 제압될 생각은 없었다.

'막아낸다.'

의지를 일으키면서 검을 잡은 두 손에 힘을 주는 그였다.

그에 반해 하브리스 공작은 조용히 자리에 서 있었다. 검도 뽑지 않았고, 몸에도 힘을 주지 않은 채 평범한 모양 그 자체였다.

'뭐지? 허세인가? 아니면 틈을 만들려는 것인가?'

생각이 꼬리에 꼬리를 물고 이어지면서 경계 태세는 더욱 강화되었다.

그 순간, 하브리스 공작의 몸이 기울어지면서 한 걸음 앞으로 내딛었다.

그의 움직임에 집중하고자 눈에 힘을 준 올름도 자작은 순간 눈앞이 새하얗게 물드는 것이 느껴졌다.

툭.

그리고 목에 느껴지는 싸늘한 예기.

정신을 차린 그의 앞에는 저 멀리 서 있던 하브리스 공작이 자리했다.

"끝났군."

"어, 어찌 이런……."

"방심했다거나 신경을 쓰지 못했다는 말은 하지 말게. 방금 전 움직임은 자네의 감각을 비집고 파고든 것에 지나지 않으니까."

"…이것이 정말 가능한 일입니까?"

"믿기 힘들다는 걸 잘 알고 있다. 하지만 믿어야만 한다. 이것은 실전되고 누구도 복구하지 못했던 전설의 비기에 속하니까."

"제가 익히면 얼마나 강해질 수 있습니까."

올름도 자작의 뇌리에 남은 것은 한 줄기 섬광이 되어 거리의 제약을 무색케 만든 하브리스 공작의 움직임이다.

그것을 자신의 것으로 만들 수 있다면 적이 누구라도 두렵지 않았다.

"로드… 아아, 옛 사람들은 엘리멘탈 프로젝트로 절대강자의 반열에 올라선 인물을 이렇게 일컫더군. 자네의 능력이라면 로드의 경지에 오를 수 있을 거라 생각하네."

"로드, 로드라……."

"폐하께서는 이 비기를 갖고 오래전부터 대상을 물색해 왔지. 그리고 자네의 변치 않는 충성심을 높게 사서 이렇게 부른 것이네."

"……."

올름도 자작이 떨리는 눈으로 히드로 2세를 바라보았다. 그는 미소를 지으며 대수롭지 않은 듯 말했다.

"그대같이 충성스러운 충신을 두고 누구에게 비기를 전수한단 말인가."

"폐하!"

"그저 지금처럼 하면 된다. 올름도 자작, 짐은 그대에게 힘을 줄 수 있다. 힘을 따를 준비가 되어 있나?"

"신 올름도 자작! 모든 것을 바쳐 황제 폐하를 수호하겠습니다."

"그 의지, 믿도록 하지."

공개적인 충성 맹세를 들으며 히드로 2세의 입꼬리가 말려 올라갔다.

윈스터 후작가와 레디븐 백작가의 개입으로 세이주 지방이 전운에 휩싸일 때, 로운 후작령이 위치한 헤인조 지방은 평화를 구가하고 있었다.

불과 삼십여 년 전만 해도 변방 취급을 받던 곳이 헤인조 지방이었고, 당시 로운 백작가는 수많은 영주 중 하나에 불과했다.

하지만 티엘이 가문의 주인이 되고 나서 로운 가문은 눈부신 발전을 이룩했다.

작위가 한 단계 상승했으며, 수로를 통한 교역이 확대되면서 일약 남부 지방 최대 도시로 발전하게 되었다.

무엇보다 절대강자에 반열에 올라서면서 무수히 많은 인재가 검을 익히기 위해 로운 가문으로 몰려들었다.

카본 대공이 기억하는 로운 가문의 영지는 삼십여 년 전의 것이다.

전대 로운 백작을 만난 적 있던 그는 이곳을 방문하면서 당시 시골 같던 모습을 기억에 고스란히 보관하고 있었다. 그러나 지금 눈앞에 펼쳐진 것은 그때와 사뭇 다른 화려함의 극치였다.

"이렇게 큰 도시였던가?"

도시 안으로 들어선 카본 대공은 주변을 두리번거렸다. 황도의 규모에 비할 바는 아니지만 북부의 대도시와 비교해도 작지 않은 크기였다. 무수히 많은 사람이 도시를 오가고 있었으며, 물건을 사고파는 사람들의 얼굴에 생기가 감돌았다.

거침없는 발걸음으로 도시 안으로 파고든 카본 대공은 숙소를 잡고 도시 곳곳을 돌아다녔다.

티엘의 마음을 알고 있는 그는 이번 기회에 확실히 제거하려는 마음을 가지고 있었고, 교전 후 후퇴를 위해서는 확실하게 퇴로를 파악해 두는 것이 먼저였다.

확장에 확장을 거듭한 도시는 철저한 계획 하에 발전된 곳이었고, 곳곳에 길이 잘 빠져 있어서 도망치는 데에는 전혀 문제가 없어 보였다.

"나쁘지 않군. 이렇게 발전시킨 것이 오히려 네놈의 목을 죄게 될 줄은 몰랐을 것이다."

불완전한 정령의 힘을 지녔을 때에는 티엘을 상대로 승리를 거둘 자신이 없었지만 온전한 힘을 얻고 로드의 경지에 오르면서 그 무엇도 거칠 것이 없게 되었다.

어떠한 공격도 무위로 돌리는 정령화는 로운 후작을 잡을 비장의 무기였다.

위치를 모두 숙지하고, 숙소로 돌아온 카본 대공은 그날 하

루를 묵고 도시로 나와 로운 후작에 대한 평판을 수집하기 시
작했다.

영지민을 위하는 영주!
권력에 초연한 지배자!

제국을 들끓게 만드는 것과 판이하게 다른 평판이 아닐 수
없었다.

"쓰레기 같은 녀석이 제 집에서는 평판을 챙긴다는 건가?"

호의적인 평가가 나올수록 그의 눈은 차갑게 가라앉고 있
었다.

저택에 잠입하기 위해 그가 시도한 방안은 도시 내에 위치
한 산을 타고 후방으로 침입하는 것이었다.

한 지방의 맹주답게 저택의 경비는 황궁 못지않은 철저함
을 자랑했다. 저택 내에만 백 명이 넘는 기사가 호위를 두고
있고, 보안 또한 다섯 겹 이상으로 펼쳐져 있어서 안으로 들
어서는 데만 엄청난 공을 들여야 했다.

그와 달리 뒤쪽 사유지로 잠입한 방법은 뱅뱅 둘러가야 하
지만 단숨에 저택 안으로 잠입할 수 있다는 장점이 존재했다.
카본 대공은 은밀히 사유지로 숨어들어 산을 타고 저택 방향
으로 향하기 시작했다.

사람의 눈을 피하고 산에 오른 뒤, 저택 방향으로 내려설 무렵 그의 눈이 빛났다.

"여기로군."

그곳에서도 경비를 서고 있었지만 다섯 겹으로 된 경비 체제에 비하면 훨씬 나은 수준이었다. 카본 대공은 열 명의 기사가 교대로 경비를 서고 있는 것을 손쉽게 뚫고, 저택 내로 들어섰다.

대대로 내려온 안티 매직 물품을 착용한 그는 사람의 눈을 피하면 거칠 것이 없었다.

두 차례 경비망을 완전히 농락한 뒤 안으로 들어선 카본 대공은 기이한 기운이 자신의 감각을 자극하는 걸 느낄 수 있었다.

'놈이다.'

신경을 자극하는 기운은 오래전 느꼈던 기운이었다. 자신에게 절망감을 심어주고 굴욕을 느끼게 만들었던 그 녀석의 기운. 카본 대공은 이를 꽉 물고 빠른 속도로 이동하기 시작했다.

도착한 곳은 연무장이었다.

넓은 연무장 위에는 한 사람이 서 있었는데, 바로 카본 대공이 노리고 온 티엘이었다.

"손님이군."

"……."

마치 기다리고 있는 것처럼 입을 여는 행동에 카본 대공은 말을 할 수 없었다. 섬뜩한 감각이 뇌리를 타고 전해졌지만 지금은 모든 신경이 티엘을 향해 집중되어 있었다.

"날 만나기 위해 온 게 아닌가? 그럼 무슨 말이라도 할 줄 알았는데."

"네놈을 제거하기 위해 왔다."

자체적으로 변조한 괴이한 목소리로 티엘을 향해 말했다.

"날 제거한다니, 재미있는 유머를 이 자리에서 듣게 될 줄 몰랐군."

"반드시 제거한다."

"그렇게 말하니 기대를 해보지."

몸을 돌린 티엘은 카본 대공을 향해 몸을 돌렸다. 무방비로 노출된 그는 당장 일격을 퍼부으면 죽일 수 있을 것 같았다. 하지만 활짝 열린 그의 상체 너머로 전해지는 진한 위험한 기운은 카본 대공의 정신을 바짝 차리게 만들었다.

'함정.'

"날 죽인다면서 드러난 틈도 노리지 않는 건가?"

"로운 후작, 이 자리에서 죽는다."

"말만 그러는 게 아니라 행동으로 보여주도록."

도발 섞인 그 말에 카본 대공은 더 이상 망설이지 않고 행동으로 옮겼다.

티엘이 미리 알고 있다면 어떤 함정이 펼쳐져 있을지 몰랐다. 그가 오만하게 자신을 홀로 맞이한 만큼, 단숨에 전력을 발휘하여 제거할 생각이었다.

'한순간, 죽인다!'

번뜩!

송곳같이 날카로운 살기가 카본 대공의 몸에서 일어나는 순간, 시종일관 여유롭던 티엘의 몸도 허공에서 불안하게 흔들렸다.

그사이 손가락 끝에서 돋아난 한 줄기 뇌전이 미간을 향해 쏘아졌다.

파직! 파지직!

섬뜩한 스파크가 일어나며 뇌전이 휘몰아쳤다. 단숨에 공간을 격하고 날아든 뇌전은 미간을 꿰뚫을 듯했지만 바로 앞에 도달한 순간, 반투명한 막에 가로막혀 흔적도 없이 사라지고 말았다.

첫 공격이 실패한 것을 알아차린 카본 대공은 곧장 달려들면서 전력을 발휘했다.

"죽어라, 로운 후작!"

콰콰콰콰!

활짝 개방된 기세가 주변 공간을 잠식해 나가면서 연이어

스파크가 일어났다. 그리고 수십 다발의 뇌전이 연이어 티엘을 향해 내리쳤다.

우릉! 우르릉! 꽈과광!

벼락이 된 공격은 연이어 펼쳐지며 상대에게 어떠한 틈도 허용하지 않았다. 카본 대공의 의지가 집약된 벼락은 연무장을 통째로 뒤집어 버리며 강렬한 파괴 행각을 연이어 펼쳐 댔다.

일 분여 동안 이어진 벼락다발 줄기는 카본 대공의 호흡이 흐트러지며 끊기고 말았다. 전신에서 줄기줄기 발산되던 뇌전이 갈무리되면서 뒤로 물러난 카본 대공이 가볍게 숨을 골랐다.

"후우."

짧은 순간이지만 그가 펼쳐낸 광경은 처참함 그 자체였다.

지면이 검게 그을려 형체를 알아볼 수 없었고, 곳곳이 움푹 패여 흙먼지가 사방에 비산하고 있었다. 거기에 그치지 않고 뇌전의 여파가 남아 스파크를 일으키고 있으니 가히 인세 지옥이라 해도 과언이 아니었다.

가히 지축을 뒤흔들고도 남을 공격이었지만 카본 대공의 표정은 밝지 못했다. 이 모든 현상은 벼락의 여파로 만들어졌지만 힘이 집중된 공간에서는 모든 힘이 상쇄되거나 튕겨 나가는 것이 느껴졌던 것이다.

"괴물 같은 놈……."

"이 힘은 어디서 겪어본 것 같은데."

먼지가 가라앉으면서 모습을 드러낸 것은 티엘이었다. 날카롭고 위력적인 벼락은 그의 약점을 집요하게 노렸지만 검막에 모조리 막히고 말았다.

하지만 딜레이가 전혀 없고, 마음껏 발휘된 뇌전의 힘은 뜻밖의 것이었다.

얼굴에 은은한 놀라움이 서린 채 복면을 뒤집어쓴 카본 대공을 바라보는 티엘의 눈에 고민이 서렸다.

"닥쳐라!"

생각에 생각이 이어지면 잊고 있던 사실까지 떠오르는 법. 이전까지는 불완전한 비기였지만 완성해 낸 힘을 바탕으로 펼쳐내는 힘이 무너질 거라는 생각은 전혀 하지 않는 카본 대공이었다.

몸을 날린 그의 손에 이글거리는 금빛 검이 생성되면서 티엘을 향해 휘둘러졌다.

쩌엉!

푸른 오러가 서린 검으로 막아내는 순간, 푸른빛이 흐릿하게 바뀌었다가 금방 제 빛을 찾았다.

하지만 그것만으로도 티엘에게 충분히 놀라운 현상이었다.

"밀려?"

비기를 이용하여 고도로 응축시킨 오러는 여태까지 그 누구에게도 위력으로 밀려본 적이 없었다. 그런데 지금 오러가 한순간 흩어질 뻔하다가 티엘의 의지에 반응하여 형태를 유지한 것이다.

짜앙! 꽝! 쩌어엉!

뇌전검은 매섭게 허공을 가르면서 티엘의 오러를 집요하게 노렸다. 마치 천적처럼 잡아먹기 위해 달려드는 정령의 힘은 하위에 놓인 마나의 힘을 착실하게 갉아먹었다.

"큽!"

억눌린 신음을 흘린 티엘이 미간을 찌푸리며 뒤로 한 걸음 물러났다. 위력에 밀린 적이 없던 그에게 있어 지금 상황은 의외의 연속이었다.

우연에 우연이 겹치면 그것은 필연이 되는 법. 눈앞의 침입자는 여태까지 보았던 그저 그렇고 그런 자가 아니라 정말 자신을 죽일 자신이 있고 그만한 실력을 갖춘 인물이었다.

"별수 없군."

처음에는 사로잡아서 배후를 알아볼 생각이었지만 거센 공격을 펼치는 모습에 생각을 달리했다.

그는 충분히 자신에게 위험을 가할 수 있는 도전자였다.

오랜만에 피가 끓는 것을 느낀 티엘의 표정이 차갑게 가라앉으면서 침입자의 검을 받아내다가 뒤로 튕겨냈다.

쩡!

오러가 깨지면서 만만치 않은 반탄력이 손아귀를 타고 손목과 팔로 전해졌지만 개의치 않고 곧장 오러 파이어를 전개했다.

품속에 꽂혀 있던 단검이 의지로 조종되어 푸른 불길에 휩싸이더니 눈부신 속도로 침입자를 향해 쇄도하기 시작했다.

꽝! 꽈광!

처음에는 가볍게 튕겨내려던 침입자는 한 차례 충돌 이후, 곧장 궤적을 바꿔 공세를 펼치는 단검을 상대로 치열한 접전을 벌였다.

짧은 시간이지만 그동안 여유를 되찾은 티엘의 검도 허공에 뜨며 푸른 불꽃에 휩싸여 쇄도했다.

두 자루의 검으로 오러 파이어를 펼쳐 상대를 압박하기 시작한 것이다.

꽈앙! 꽈과광! 쩡!

오러가 서린 두 검이 현란한 궤적을 그리며 빠른 속도로 침입자를 압박해 나갔다. 처음에는 여유를 갖던 침입자는 인체의 제한적인 움직임을 벗어난 검로에 점점 수세에 몰리기 시작했다.

"됐군."

공간검을 펼치지 않아도 의지에 기반한 오러 파이어는 누구도 벗어날 수 없는 지옥과도 같았다.

클레디오 백작도 두 자루로 펼치는 오러 파이어를 견뎌내지 못했다.

티엘의 두 눈은 확신으로 가득 차기 시작했다.

쩌적! 쩍!

침입자의 손에 쥐고 있던 뇌전검에 금이 가기 시작하더니, 완전히 깨져 버리고 말았다.

무방비로 노출된 침입자의 배로 티엘의 검이 쇄도하여 단숨에 꿰뚫었다.

푹!

"……!"

공격을 허용한 침입자가 몸을 가늘게 떨더니 이내 완전히 움직임이 멎었다.

복면 사이로 드러난 두 눈에 서린 경악이 지금 심정을 알려 주고 있었다.

"끝났군."

중얼거린 티엘의 손에 단검이 쥐어져 있었다. 그리고 침입자를 향해 한 걸음씩 다가갔다.

이렇게 죽일 수밖에 없었지만 상대의 정체가 누구인지 정말 궁금했다. 이 정도로 자신에게 의외성을 바탕으로 몰아붙

일 만한 인물은 제국 내에 없었던 것이다. 그것은 전 대륙을 뒤져봐도 마찬가지였는데, 인간이 아닌 존재라면 가능한 일이지만 눈앞의 침입자는 여러 가지 기질로 보아 틀림없는 인간이었다.

한 걸음, 두 걸음.

조금씩 티엘과 침입자의 거리가 가까워졌다.

그럴수록 복면인의 눈에 서린 떨림은 커지고 있었다.

자신의 정체를 들키게 될 것에 대한 두려움인가.

무슨 비밀을 품고 있기에 저렇게 많은 갈등과 주저함이 있는 것인지 티엘의 호기심을 자극했다.

그리고 바로 앞에 도착하여 복면을 벗기기 위해 손을 뻗는 순간, 강렬한 위화감이 티엘의 뇌리를 장악해 나갔다.

파앗!

한순간이었다.

침입자의 전신이 금빛에 휩싸이는 순간, 티엘은 멀리 떨어진 곳으로 물러나 있었다.

"음!"

눈앞에 드러난 광경은 그의 입에서 침음이 흘러나오게 만들었다.

방금 전까지 복부가 꿰뚫려 있던 침입자의 몸은 금빛 기운으로 화하고 있었다.

조금씩 흩어지던 형태는 이내 완전한 가루가 되어 사라져 한 줄기 금빛 기운으로 바뀌었다.

모습은 사라졌지만 여전히 침입자의 존재감은 건재했다.

"이건……!"

그제야 돌아가는 상황이 이상하다는 걸 여긴 티엘이 단검을 드는 순간, 기운으로 화한 금빛 기운 주변으로 스파크가 일어나며 쇄도했다.

파지직!

꽈아아앙!

"크읍!"

둔중한 충격을 단검 한 자루로 막아낸 티엘은 속이 뒤집힐 것 같은 충격을 느끼며 뒤로 물러났다. 가까스로 치명상을 피했지만 잠깐 뒤집힌 속은 내상을 동반했다.

하지만 그의 놀라움은 그것으로 끝난 게 아니었다. 강렬한 충격을 선사한 금빛 기운은 티엘과 멀리 떨어진 곳에서 형상을 이루더니, 이내 침입자의 모습으로 복구되기 시작한 것이다.

그제야 티엘은 자신의 머릿속을 자극하던 것이 무엇인지 눈치챌 수 있었다.

이것은 먼 옛날 사장되었다고 알려진 인간의 위대한 유산.

"엘리멘탈 프로젝트."

"......!"

침입자, 카본 대공의 두 눈이 거세게 흔들렸다.

그가 어떻게 엘리멘탈 프로젝트의 존재를 알고 있단 말인가.

이것은 존재 유무조차 알고 있는 이가 몇 되지 않는 극비 중 극비였다. 이름을 아는 것만으로도 자신의 존재를 유추하는 것이 가능했다.

방금 전에 펼친 비기는 바로 정령화. 티엘의 빈틈을 막기 위해 결정적인 순간까지 펼치지 않고 조용히 숨을 죽이고 있었다.

그러나 결과는 실패였다. 위기를 감지하는 그의 능력은 이미 인간의 한계 범주를 아득히 초월하고 있었다.

"죽인다."

살기를 일으킨 그의 몸이 공간을 격하고 티엘을 향해 쇄도했다.

엘리멘탈 프로젝트의 존재 유무를 알아차린 이상, 반드시 제거해야 했다. 금빛 뇌전으로 화한 육체가 공간의 제약을 무시하고 티엘을 압박해 나갔다.

정령의 힘을 받아들인 능력자가 육체를 정령 상태로 만드는 이 비기는 모든 물리력을 무시하는 것은 물론 웬만한 오러로 타격을 주는 것조차 힘들었다.

"번거로운 게 모습을 드러냈군."

혀를 찬 티엘의 눈은 차갑게 가라앉았다. 속에서 스멀스멀 올라오는 비릿한 혈향은 오랜만에 입은 내상임을 의미했다.

상황은 최악을 향해 흘러가고 있었지만 오랜만에 닥친 악조건과 호승심을 자극하는 능력자의 존재는 그에게 흥분을 선사했다.

정령화를 펼치는 상대의 실력은 아무리 낮게 잡아도 로드의 경지에 올랐음을 알 수 있다.

이 시대에 볼 수 없을 거라 여긴 로드의 존재는 반드시 꺾고 싶은 대상 중 하나였다.

"일반 오러로 힘들다면 더 강한 오러로 상대하는 수밖에."

장검 한 자루와 단검 한 자루를 양손에 든 티엘이 허공을 향해 던졌다. 오러에 휩싸인 두 검이 아름다운 궤적을 그리며 침입자를 향했다.

파파팟!

푸른 오러가 크기를 키워 나가며 기세를 발산하다가 어느 순간 극도로 응축되기 시작했다. 그리고 오러 서클을 생성하여 뇌전으로 화한 카본 대공을 공격했다.

"큽!"

강력한 오러를 정면으로 접하면서 신음이 흘러나왔지만 흘려내고 티엘을 향해 쇄도했다.

두 자루의 검이 오러 서클을 발산하며 공격을 저지하려고 했지만 뇌전은 다섯 가지 원소 중 가장 직선적이고 빠르며 위력적이었다.

단숨에 거리를 좁힌 뒤, 티엘을 향해 돌진했다.

'죽인다.'

검조차 들고 있지 않은 그는 카본 대공에게 큰 위협이 되지 않았다.

쾅!

격렬한 충돌과 함께 두 신형이 뒤로 밀려났다. 금빛 뇌전에서 원래 형태로 돌아온 카본 대공의 두 눈이 경악으로 부릅떠졌다.

'어떻게?'

분명 검은 뒤쪽에 멀리 떨어져 있었다. 그것을 확인했기에 뇌전의 속성을 이용한 속공을 펼친 것이었다.

하지만 드러난 결과는 예상과 전혀 달랐다. 자신의 전진을 가로막은 것은 저 뒤쪽에서 굴러다녀야 할 검이었다.

그를 바라보는 티엘은 미소를 짓고 있었다.

"이제 얼굴을 확인할 수 있겠군."

'무슨?'

카본 대공의 의아함을 느끼다가 이내 뻣뻣하게 굳어버렸다. 얼굴을 가리고 있던 복면이 반으로 갈라지더니, 이내 바닥으로 흘러내린 것이다.

고스란히 드러난 얼굴.

정체를 들키게 되어 낭패감이 서린 카본 대공을 보며 티엘의 눈이 흔들렸다.

"의외의 인물이군."

"……."

딱딱하게 굳은 표정으로 티엘을 바라보는 카본 대공의 기세는 사나웠다.

설마하니 자신의 복면을 이대로 갈라 버릴 줄이야.

미처 예상치 못한 일격이었고, 불찰이었다. 기습 공격이 실패했을 때 자리를 벗어났어야 한다는 생각이 머릿속을 맴돌고 있었다.

"왜 날 죽이려고 했지?"

"네놈에게 할 말은 없다."

"그 말은 이대로 죽어도 좋다는 이야기인가?"

"그전에 네놈이 먼저 죽을 것이다."

기세에서 밀리고 있었지만 카본 대공은 물러서지 않았다. 이대로 틈을 내주게 되면 더 이상 자신이 할 수 있는 것은 아무것도 없게 된다.

기회를 노리고, 공격을 해야 한다.

"조금 있으면 클레디오 백작이 올 텐데, 그전에 날 죽일 수 있다고 생각하나?"

"크윽."

또 다른 절대강자의 언급은 카본 대공의 표정을 사정없이 구겨지게 만들었다.

전력을 발휘한 대결을 벌인 만큼 클레디오 백작이 파장을 감지하지 못할 리 없었다. 만약 그가 이 자리에 오게 되면 뼈를 묻게 되는 것은 자신이다.

"뭘 듣고 싶은 것이냐?"

"날 죽이려는 이유."

"그것뿐이냐?"

"어떻게 엘리멘탈 프로젝트를 복원했는지도 묻고 싶지만, 비밀일 테니 거기까지 가지는 않도록 하지."

카본 대공도 티엘에게 묻고 싶은 것이 산더미 같았다. 처음에는 그를 제거할 생각을 가지고 있었지만 어떻게 엘리멘탈 프로젝트를 알고 있는지 궁금했고, 이성이 돌아오자 왜 로즈를 그렇게 야박하게 대했는지도 알고 싶었다.

하지만 바로 받아들이는 것도 모양새가 나지 않기에 한동안 아무 말도 하지 않고 침묵을 지키다가 고개를 끄덕여 보였다.

"좋다, 네놈의 제안을 받아들이겠다."

"말이 통해서 좋군."

자신을 죽이려고 하던 카본 대공이었지만 티엘은 만족한 듯 미소를 지었다.

"……."

자리를 옮겼지만 두 사람 사이에 아무런 대화도 오가지 않았다. 방금 전까지 죽이려고 달려든 카본 대공으로서는 먼저 말을 거는 것이 선뜻 내키지 않았고, 티엘 또한 불같은 그의 성미를 자극하지 않기 위해 조용히 먼저 입을 열길 기다리고 있었다.

둘의 침묵은 카본 대공이 차를 다 마실 때까지 이어졌다. 더 마시려던 그는 차 주전자가 텅텅 비어 있는 것을 확인하고는 티엘에게 시선을 옮겨 입을 열었다.

"죽이려고 달려들다가 말을 하려고 하니 어색하군. 뭐가 듣고 싶지?"

"날 죽이려고 하는 이유."

"간단하다, 네놈이 제국의 영광을 재현하는 데 방해가 된다고 여겼기 때문이다."

"그것뿐인가."

"그것을 가볍게 여기는 네놈이기에 내가 직접 나선 것이다."

수백 년 동안 이어온 황실의 역사를 무시하고 지닌 무력으로 모든 것을 판단하는 것 자체가 거슬렸고, 치워 버리고 싶었다.

이글이글 타오르는 그의 눈을 보며 티엘은 피식 웃었다.

"제거하려고 나섰지만 목적을 이루지 못했으니 아쉬움이 매우 크겠군."

"잘 아는군."

"하지만 쉽지 않겠지. 오히려 목숨을 건진 걸 고맙게 여겨야 하지 않나?"

"내가 고마워할 거라 생각하나?"

"그건 바라지도 않았다. 그것보다 호기심을 충족시키는 게 중요했으니까."

입가에 맺힌 미소가 얄미워서 입을 찢어버리고 싶은 충동이 들었지만 꾹 억눌렀다. 이 자리에서 허무하게 목숨을 잃으면 히드로 2세의 염원을 이루는 데 커다란 문제에 직면하게 된다.

"내 목숨의 가치가 결국 그 정도 수준에 불과했군. 내가 이곳을 찾은 이유 중 하나는 로즈에 관련된 것이다."

"아아······."

무언가 떠오른 티엘은 고개를 크게 끄덕이며 눈을 빛냈다.

로즈와의 일도 충분히 카본 대공이 분노할 수 있는 요소 중

하나였다.

하지만 당시에는 그것이 최선이었다. 더 이상 부인을 늘릴 생각이 없었고, 로즈는 철이 없어 보여서 다소 강한 말로 떨쳐 냈다.

"그 부분에 대해서는 후회가 없다고 할 수 있다. 로즈 공녀가 나와 결혼하는 것도 그쪽이 바라는 부분은 아닐 텐데?"

"사실이지만 그 아이에게 상처를 주는 것이 정당화되는 것은 아니다."

"모든 것이 내 탓이라고 생각하면 더 할 말이 없군."

"네놈이!"

분노로 얼룩진 카본 대공이 몸을 일으키며 티엘을 노려보았다. 하지만 그는 개의치 않고 담담히 그를 응시할 뿐이었다.

그것은 마치 벽을 대고 이야기를 하는 것처럼 느껴졌다. 형편없이 일그러진 카본 대공은 욕설을 내뱉으며 자리에 앉았다.

"제기랄!"

"제국의 숨은 검이 지닌 비기가 엘리멘탈 프로젝트일 줄 몰랐군."

"그걸 어떻게 알고 있지?"

"알 만한 사실이니까. 내가 뭘 더 알고 있는지 궁금한가 보군."

"그건……."

궁금한 것이 사실이었다. 엘리멘탈 프로젝트와 아무런 관련이 없는 그가 어떻게 그것을 알고 있는지, 그리고 마치 자신이 모르는 사실을 더 알고 있는 것처럼 보이는 태도가 의문스러웠다.

오만하고 말이 통하지 않는 녀석이지만 그가 본 로운 후작은 적어도 허언을 하는 인물은 아니었다.

조금 가식을 떨면 충신으로 인정받을 수도 있는데 황실을 존중하지 않는다고 말을 한 태도만 봐도 얼마나 솔직한지 알 수 있다.

"별로 궁금하지 않은 듯하니 말할 이유는 없겠지."

"크흠!"

자신의 반응을 보면서 즐기듯 말을 하니 카본 대공으로서는 답답할 따름이었다. 하지만 이대로 티엘에게 끌려갈 수도 없는 일이었다.

"한 가지만 묻자, 네놈은 정녕 왕위에 오를 야망이 없는 것이냐?"

"그런 건 귀찮은 일이지. 하지만 가신들이 워낙 충성스러워서 상황이 어떻게 돌아갈지 여부에 대해서는 확언을 할 수 없는데."

"결국 욕심이 있다는 뜻이냐?"

"그렇게 보고 싶으면 봐도 무방하고."

예전이라면 확언을 했을 티엘이지만 지금은 생각이 달라졌다.

그 기점은 아이를 낳고부터였다. 이전에는 가문의 성세를 이룩하고 알맞은 자질을 지닌 이에게 물려주면 된다는 생각을 하고 있었지만 막상 아이를 낳게 되니 더 나은 가문을 이뤄서 주고 싶다는 생각을 하게 됐다.

미래는 어떻게 변할지 모른다. 아이주 지방과 노이안 지방도 처음에는 염두에 두지 않았던 것처럼 함부로 미래를 확정 짓는 행동은 지양해야 했다.

"오늘은 편히 쉬도록 하고. 더 이야기할 게 있으면 찾아오도록."

"오만 부리지 마라, 로운 후작."

자리에서 일어난 카본 대공은 그를 노려본 뒤, 집무실을 벗어났다.

"……."

그의 뒷모습을 바라보는 티엘의 얼굴은 싸늘하게 얼어붙어 있었다.

"오랜만에 보게 되는군."

홀로 남은 티엘의 표정은 그리 밝지 못했다. 그것은 예상보다 강한 카본 대공의 무위 때문이 아니었다. 그가 지닌 힘의 정체가 무엇인지 깨닫게 되어서였다.

"엘리멘탈 프로젝트라니."

시간을 거슬러 올라오기 전에는 인간에게 볼 수 없던 비기였다. 당시 마계의 문을 개방했었던 티엘은 책임을 다하고자 인간사에 등장할 수밖에 없었고, 인간과 이종족 연합군 측에 서서 치열한 전투를 벌였다.

그러던 중 모습을 드러낸 존재, 그들의 힘은 마족과 마수를 물리치는 데 큰 보탬이 되었다.

그리고 알게 된 것이 엘리멘탈 프로젝트.

숲의 종족이라 칭해지는 엘프가 지닌 힘의 근원이었다.

보다 자연과 가까워지고 싶어 하는 열망이 만들어낸 결과였고, 정령과 동화되어 자유자재로 힘을 펼쳐 내는 엘프의 존재는 공포 그 자체였다.

그들에게만 전해지는 비기를 카본 대공에게서 볼 줄은 미처 몰랐다.

"미래가 이런 식으로 뒤틀릴 줄은."

한 가지 분명한 것은 더 이상 자신이 알고 있는 사실은 도움이 되지 못한다는 점이다.

이전 삶에서 카본 대공은 끝까지 제국의 역사 전면에 모습을 드러내지 않고 자취를 감추었다. 그런 그가 제국의 숨은 검으로써 등장하고 미완의 엘리멘탈 프로젝트까지 완성했다는 것은 자신의 존재 하나가 일으킨 여파가 커다란 변화를 일으키고 있다는 걸 의미했다.

"엘리멘탈 프로젝트가 문제가 되는 것은 아니지만……."

가장 큰 장점은 기존의 마나연공법을 익힌 이들에게 전혀 부작용 없이 파고든다는 점이다. 이것은 마나연공법을 익힌 이들에게 엘리멘탈 프로젝트를 전수하면 대량의 능력자를 양산할 수 있는 뜻이었다.

하나하나가 티엘에게 큰 위협이 되지는 않지만 휘하 기사들은 달랐다. 마나보다 더 강력한 정령의 힘은 재앙이 되어 나타날 것이다.

"황실의 존재가 떠오르는 것인가? 사실을 일러두어야겠군."

이러한 사실 하나하나를 되짚어서 가문의 미래를 설계한다는 것.

처음에는 전생의 업보를 갚아나간다고 생각하며 가문을 이끌던 티엘은 어느덧 가문의 미래를 염려하는 가주기 되어 가고 있었다.

제9장
악마의 군세

"내가 이 자리에서 뭐하는 건지."

로운 후작가에서 하루 머물게 된 카본 대공은 침상에서 몸을 일으키다가 헛웃음을 지었다.

죽이려고 잠입한 곳에서 잠을 자는 자신도 웃겼지만 죽이려고 들었던 상대를 얌전히 재워준 티엘의 행동도 이해하기 힘들었다.

자리에서 일어난 그는 가볍게 몸을 풀다가 바깥 풍경을 바라보며 중얼거렸다.

"물 건너갔군."

티엘을 제거하고 싶었지만 그것이 물 건너갔음을 느꼈다.

아마 그의 성격상 따로 경호를 강화하는 행동을 하지 않겠지만 이러한 행동 자체만으로도 마음속에 경계심이 생겨났을 터였다. 그것은 곧 티엘을 제거할 수 있는 기회가 완전히 사라졌음을 의미했다.

똑똑.

정중한 노크 소리와 함께 하녀가 방 안으로 들어왔다. 그리고 카본 대공을 향해 고개를 숙이면서 명령받은 것을 전달했다.

"후작님께서 모셔오라고 하셨습니다. 같이 아침 식사를 하자고 하십니다."

"나와?"

"네."

"의외로군. 준비하고 이동한다고 전하게."

카본 대공의 허락이 떨어지자 하녀는 고개를 숙인 뒤 물러났다. 그 모습을 바라보던 그는 옷을 챙겨 입고 몸을 일으켰다.

그리고 방 밖에 대기하고 있던 하녀의 뒤를 따라 식당으로 이동하니 자리에 앉아 있는 티엘의 모습이 들어왔다. 그리고 옆에 앉은 인물을 보고 멈칫했다.

"클레디오 백작."

"음? 아아."

식탁에 앉아 있던 인물은 바로 클레디오 백작이었던 것, 제거 대상이었던 둘을 마주하게 된 카본 대공은 입이 바짝 마르는 것이 느껴졌다.

하지만 그것은 어디까지나 그의 반응일 뿐, 티엘이나 클레디오 백작은 크게 개의치 않는 기색이었다.

"앉지."

"그러마."

자리에 앉은 그는 탁자 위로 하나둘씩 음식이 나오는 걸 확인했다.

보통 가볍게 먹는 곳과 달리 로운 후작가의 아침은 풍성했다. 갖가지 음식이 나왔고, 하나같이 각 지방의 유명한 음식들이 주를 이루고 있었다.

카본 대공의 의아함을 읽은 티엘은 어깨를 으쓱해 보였다.

"많이 먹는 사람이 있어서."

그의 눈이 살짝 클레디오 백작에게 머물렀다가 돌아왔다. 두 사람의 시선을 받고 있었지만 개의치 않고 끊임없이 음식을 먹고 있었다.

"날 이곳에 부른 이유가 뭐냐?"

"밥 한 끼 먹는 것 가지고 의미를 부여할 생각은 없는데."

"뭐라고?"

"가문을 찾아온 손님에게 식사를 대접하는 거니 신경 쓰지 말도록."

"크흠!"

졸지에 실없는 사람이 된 카본 대공은 불편한 헛기침을 흘리며 식사를 시작했다.

달그락달그락.

세 사람의 식사 자리는 조용했다. 대개 귀족들의 식사는 또하나의 사교 자리라고 하여 많은 대화를 주고받는 것이 기본이었다. 하지만 그들은 아무런 말도 하지 않은 채 눈앞의 음식을 빠른 속도로 먹어치웠다.

식사가 거의 끝날 무렵, 티엘이 카본 대공에게 물어왔다.

"남은 일정은?"

"목적한 바를 이루지 못했으니 돌아갈 것이다."

"성공하지 못해서 아쉽군."

"성공했다면 기분 좋게 돌아갔을 것이다. 지금이라도 기회를 주겠나?"

"그러기에는 내게도 지킬 것이 많이 생겼군. 다음 기회에 부탁하지."

"이뤄줄 수 없으면서 강한 척하기는."

눈살을 찌푸린 그가 중얼거렸지만 티엘은 전혀 개의치 않았다. 오히려 카본 대공이 궁금해하던 바를 은근슬쩍 흘렸다.

"엘리멘탈 프로젝트가 혼자만의 전유물이라고 생각하면 곤란한데."

"뭐라?"

"내가 왜 정령력을 익힌 이와 전투에 능한지 이유를 알지 못하는 건가?"

"……!"

혼자 중얼거리는 것에 가까웠지만 그 내용은 결코 경시할 수 없었다. 두 눈을 크게 뜬 카본 대공에게서 강렬한 기세가 피어났다.

"누구냐, 누가 감히 정령의 힘을 사용한다는 것이냐."

날 선 음성이 식사 자리를 뒤흔들었다. 묵묵히 식사를 하고 있던 클레디오 백작은 돌아가는 상황이 심상치 않다는 것을 깨닫고 눈을 빛내며 두 사람의 대화에 귀를 기울이기 시작했다.

티엘은 개의치 않고 자신의 말만 이어나갔다.

"그건 오히려 내가 궁금하군. 엘리멘탈 프로젝트는 전성기를 누리다가 사라질 때 인간의 손을 완전히 떠난 것으로 알고 있는데, 어떻게 제국의 숨은 검이 그것을 익히고 있는지 묻고 싶은데?"

"질문은 내가 먼저 했다!"

"그럼 서로 질문과 대답을 주고받도록 하지."

"좋다."

자신 말고 다른 이들이 정령의 힘을 사용하는 것은 결코 가벼운 사안이 아니었다. 비밀이기는 했지만 그것을 내주더라도 티엘의 답을 듣고자 했다.

"내가 먼저 듣고 싶은데."

"질문은 내가 먼저 했다고 말했을 텐데?"

"더 급한 쪽이 먼저 패를 내미는 게 좋지 옳지 않나? 난 제국의 숨은 검이 어떻게 정령력을 익혔는지 듣지 않아도 상관이 없는데."

"큭."

자신이 밀리고 있다는 사실에 이를 꽉 문 카본 대공은 잠시 고민하다가 사실을 털어놓았다.

"제국에서는 오래전부터 엘리멘탈 프로젝트의 수련 방법을 손에 넣고 연구해 왔다. 하지만 상당 부분 파손되어 있어 온전한 방법을 놓고 연구를 거듭해 왔다. 그리고 얼마 전 그것을 완성할 수 있었다."

"그전까지는 반쪽짜리 힘이었다는 뜻이로군."

"이제는 내가 들을 차례다. 우리 말고 정령의 힘을 사용하는 이들이 누구지?"

카본 대공의 물음에 티엘은 입꼬리를 말아 올리더니 대답했다.

"엘프."

"……."

"숲의 종족 엘프다."

"감히! 날 속이는 것이냐?"

"속이려면 내가 왜 이런 말을 하나. 엘프는 숲의 종족이고 정령에 가장 가까운 존재. 오히려 그쪽보다 더 완벽하게 정령의 힘을 익혀두고 있지."

"확인하지 못할 사실을……."

당했다는 생각이 연신 머리를 맴돌고 있었다. 티엘의 태도는 성실하지 않았을 뿐만 아니라 엘프가 정령의 힘을 익혔는지 여부를 확인하는 것도 불가능했다.

즉, 그가 거짓말을 할 확률이 높다는 뜻이었다.

"믿지 않으니 별수 없군. 억울하지만 내 말이 사실이라고 말하고 싶군."

"엘프가 어떻게 정령의 힘을 손에 넣은 거지?"

"오래전 엘리멘탈 프로젝트를 기획할 때 엘프도 한 몫 거들었다고 하지. 그 대가로 전수받았다고 하는데, 알지 못하는 걸 보면 엘리멘탈 프로젝트에 대한 역사보다 수련 방법을 손에 넣었다는 말이 사실이겠군."

이야기를 하면 할수록 말려드는 느낌을 지울 수 없었다.

카본 대공은 머리가 지끈거리는 것을 느끼며 표정을 사정

없이 구겼다.

그럼에도 티엘은 전혀 개의치 않는 표정이었다.

"그 외에도 몇 가지는 더 알고 싶지만 서로 주고받는 것이 유쾌하지 않나 보군."

"지금 내 입장이면 기분이 좋을 것 같나?"

"좋지 않다면 별수 없지."

티엘은 여전히 여유로웠다. 더 이상 대화를 나눌 필요를 느끼지 못한 카본 대공은 자리에서 일어났다.

"식사 잘 먹었다. 용건이 끝났으니 난 돌아가도록 하지."

파직! 파지직!

미처 붙잡기도 전에 그의 신형은 한 줄기 금빛 뇌전이 되어 사라졌다.

"된통 당했다고 생각했나 보군."

카본 대공의 입장에서는 그럴 수밖에 없었다. 자신은 사실을 털어놓았지만 티엘이 한 말은 하나같이 사실 확인이 불가능한 것이었으니 말이다.

엘프가 익혔다고 해도 당장 엘프가 거주하는 곳이 어디인지 파악하기 힘든 상황에서 그의 말은 뜬구름을 잡는 말에 불과했다.

"정령력이 뭐지?"

그때까지 침묵하고 있던 클레디오 백작이 물어왔다.

잊고 있던 사실이 떠오른 티엘은 손으로 이마를 짚으며 중얼거렸다.

"아아, 그러고 보면 둘이 대결을 펼치길 원했는데, 아쉽군."

"카본 대공이란 말인가?"

"아주 재미있는 대결이 되었을 텐데."

"절대강자의 반열이라고 하지만 내 상대는 아니었다."

"카본 대공은 굉장히 재미있는 힘을 익힌 상태지. 그것을 직접 겪어보았으면 그런 말을 하지 않았을 텐데, 많이 아쉬워. 다시 불러올 수도 없고."

드래곤 하트의 힘을 손에 넣은 클레디오 백작과 정령력을 손에 넣은 카본 대공의 대결.

서로 한 단계 높은 곳으로 이끌어줄 수 있는 대결을 성사시키지 못한 것에 티엘은 진심으로 아쉬워했다.

"정령력이 뭐지?"

대답을 듣지 못한 클레디오 백작은 어리둥절한 표정을 지을 뿐이었다.

와아아아!

병사들의 우렁찬 함성 소리가 사방에 울려 퍼졌다. 연기가 피어오르는 성벽 위로 올라선 이는 차갑게 가라앉은 눈으로 주변을 둘러보고 있었다.

빠른 속도로 도망가는 일단의 무리가 눈에 들어왔다. 추격조가 뒤를 쫓고 있지만 얼마나 사로잡을지 확신할 수 없었다.

"진군 속도를 더 높여야겠습니다."

"여기서 이렇게 지체하는 것은 좋지 않은데, 어찌할 수 없으니 아쉽군."

성 위에 서 있는 두 사람은 이번 세이주 지방 점령 작전의 사령관을 맡은 케빈과 책사 제이안이었다.

"이것이 최선입니다. 확실하게 점령하지 않고 두다가는 후방을 적에게 노출하는 꼴입니다."

"하긴."

"확실한 방법을 찾아내야겠지만 현재 가장 중요한 것은 병력입니다."

"윈스터 후작가의 진군 속도가 빠른가 보군."

"후계 다툼이 이곳에서 벌어지다 보니 두 형제 모두 공을 탐하고 있는 상황이어서 빠른 속도로 전투가 이루어지고 있습니다."

이번 세이주 점령 작전에서 가장 중요한 것은 속도였다. 누가 먼저 헤셀 백작을 사로잡고 요지를 점령하느냐에 따라 남진을 가로막거나, 남진의 교두보를 차지할 수 있게 된다.

현재 케빈이 이끄는 군의 숫자는 물경 십오만. 여태까지 이

끈 병사와 비교할 수 없는 많은 숫자였지만 그의 표정이 밝지
못한 이유는 상대의 저항이 의외로 거셌다.

"주군께서 지원군을 파견해 주겠다고 하셨는데."

"그렇게 말씀하셨으니 조만간 황제 폐하의 윤허를 받아 추
가 병력을 파견해 주실 것입니다. 그때까지 최대한 많은 곳을
확보해야 합니다."

"음, 그럼 다음 작전은 어떻게 할 생각이지?"

"여태까지는 내실을 기했다면 이번에는 적의 진군 속도를
늦춰볼 생각입니다."

제이안의 입가에 미소가 짙어졌다.

그리퍼는 윈스터 후작의 명령에 의해 레임보다 한 발 늦게
군을 동원하여 세이주 지방으로 진입했다. 동생보다 성과가
적은 만큼 맹렬한 기세로 적을 몰아치면서 적의 성을 무너뜨
려 나갔다.

하지만 진군 속도는 레임이 훨씬 빨랐다. 거기에 엎친 데
덮친 격으로 레디븐 백작가 군대와 동선이 겹칠 위기에 처하
고 말았다.

결국 그는 자신의 충실한 조력자인 실레반에게 조언을 구
했다.

"이대로 진군하면 레디븐 백작가의 군대와 마주치게 될 것

입니다."

"지금 상황에서는 좋을 것이 없습니다."

"그럼 피해야 합니까?"

"그리 되면 세워놓은 계책이 어그러지게 됩니다. 상황이 좋지 않습니다."

"하필이면 이럴 때."

레디븐 백작군은 서쪽에서 세이주 지방을 향해 진군했고, 그리퍼는 북서쪽에서 진군했다. 노리는 목표가 같다 보니 점점 두 군대의 거리는 가까워졌다.

"우선은 먼저 진군하길. 중간에 레디븐 백작가가 경로를 바꿀 수도 있습니다."

"그리 되었으면 좋겠습니다."

하지만 사흘이 지나고, 그리퍼와 실레반은 확실히 깨닫게 되었다.

레디븐 백작군은 지금 동선에서 벗어날 생각이 없음을 말이다.

이렇게 되면 세이주 지방 중심부에 도달하기 전 양측 군대는 마주하게 된다.

"어떻게 해야 합니까?"

"가장 좋은 것은 저들과 충돌하지 않는 것이지만, 이대로 조우하게 되면 어느 누군가는 확실히 물러나야 할 것입니다.

유감스럽게도 물러나는 쪽은 우리가 될 가능성이 더 높습니다."

"그럼 진군 경로를 바꿔야 하는군요."

"예, 북으로 이동로를 바꿔야 합니다."

"북이라, 안 좋은데."

"레임 공자가 더 낫습니다. 레디븐 백작군을 이끄는 케빈과 책사 제이안은 계책의 달인입니다. 지저분한 수법에 당하면 손해만 볼 것입니다."

"알겠습니다."

당장 눈앞의 적은 레디븐 백작군이 아니라 자신과 공을 다투는 레임이었다. 그리퍼도 그 사실을 받아들이고 군을 북으로 되돌렸다.

"하지만 한 가지만 명심하길, 우리는 이미 그들의 계책에 당해 버렸습니다."

"무슨 의미입니까?"

"이대로 진군하면 마주칠 수밖에 없다는 것을 그들도 알고 있었습니다. 그럼에도 강행군을 이어나간 것은 우리가 먼저 물러나길 원해서입니다. 우리가 자신들과 충돌하지 않길 원하기 때문이지요."

"그렇습니까?"

적들의 손에 놀아났다고 생각하자, 그리퍼의 표정이 형편

없이 구겨졌다.

"거기에 레임 공자와 동선이 겹치게 되니 자연히 서로 갉아먹는 경쟁 구도가 될 수밖에 없습니다. 이것은 진군 속도를 늦추게 되고, 레디븐 백작가에게 더 많은 결과물을 가져다 줄 것이다, 그들은 그렇게 생각했을 것입니다."

"완전히 당했군요."

"세상은 쉽지 않습니다. 특히 레디븐 백작을 비롯한 휘하 책사들은 모략의 달인이기에 정면으로 맞서게 되면 큰 손해를 보게 됩니다."

"그럼 그에 대한 방책은 있습니까?"

그리퍼의 음성은 간절했다.

이번 윈스터 후작의 명령에서 그의 의중이 무엇인지 대략 전해진 상태였다.

남진에 필요한 교두보인 세이주 지방에서 더 큰 공을 세운 이가 후계자에 가까워진다. 그것이 윈스터 후작의 확고한 생각이다.

하지만 가장 늦게 참전한 그리퍼에게 그것은 너무나 불리한 조건이었다.

그 사실을 알고 있기에 윈스터 후작가 제2책사인 실레반에게 매달리는 것이다.

"걱정하지 마십시오, 제게 다 계책이 있습니다."

"말씀해 주실 수 없겠습니까?"

예전이라면 믿고 맡겼을 테지만 지금은 여유가 없다 보니 사소한 의중이라도 듣고 싶은 것이 현실이었다. 간절함이 깃든 그의 눈빛에 잠시 망설이던 실레반은 고개를 끄덕였다. 후계 구도를 판가름 짓는 자리이니 그리퍼가 설레발을 쳐서 판을 망치는 것은 막아야 했다.

"사실 처음부터 레디븐 백작 측의 의도를 알고 있었습니다. 그럼에도 무시했던 것은 우리가 그들의 계책에 말려든 것처럼 보이게 만들기 위함입니다."

"무슨 뜻입니까?"

"레디븐 백작 측을 속이려는 것도 있지만 가장 중요한 것은 레임 공자 측의 채블린을 속이기 위함입니다."

"채블린 책사를?"

"그렇습니다. 우리가 레디븐 백작군의 책략에 휘말리게 된 걸 알게 되면 채블린은 확실하게 판세를 굳히고자 움직일 것입니다."

"그럼 레임이 유리해지지 않습니까."

표정을 구긴 그리퍼가 목소리를 높였지만 실레반은 미소를 지으며 고개를 저어 보였다.

"일견하기에 그렇게 보이지만 잘못 알고 있는 사실이 있습니다. 헤셀 백작은 그리 만만한 인물이 아니라는 점입니다."

"만만하지 않다라……."

"지금 곳곳을 지키고 있는 성과 도시는 허무하게 무너지고 있지만 헤셀 백작이 웅크리고 있는 곳에는 이십만이 넘는 군이 집결되어 있습니다. 단단한 성벽에 의지하고 있는 그곳을 십만이나 십오만의 숫자로 쉽게 무너뜨릴 수 있을 거라 생각하십니까?"

"아……!"

그제야 실레반의 의도가 무엇인지 짐작가기 시작한 그리퍼였다.

감탄 섞인 눈빛에 그는 미소를 지으며 고개를 끄덕였다.

"우리는 표면적으로 적의 계책에 당한 상황입니다. 당연히 진군 속도가 느려질 수밖에 없고 세울 수 있는 공도 적어지게 됩니다. 하지만 가장 중요한 것은 헤셀 백작의 신병을 누가 손에 넣느냐입니다. 저는 레디븐 백작군과 레임 공자 측이 충분히 힘을 소진하고 모두 지쳤을 때, 힘을 비축하여 가장 큰 것을 취할 생각입니다."

"묘안입니다! 역시 실레반 책사님입니다!"

그 누가 이런 큰 그림을 그릴 수 있단 말인가.

계책에 당한 척하면서 하나를 내어주고 나머지 것을 버린 뒤, 가장 중요한 것을 취하는 계책이다.

신묘하기 그지없는 실레반의 통찰력에 그리퍼는 감탄하고

또 감탄했다.

"하지만 여기에 필요한 것은 공자님의 연기입니다. 공자님은 이제부터 표면적으로 적의 계책에 당한 모습을 보이셔야 합니다. 그리고 군의 기강을 일부터 흐트려 놓으십시오. 그럼 첩자를 파견한 그들은 우리의 의도된 상황을 믿고 행동으로 옮길 것입니다."

"알겠습니다. 그 부분은 제게 맡겨주십시오. 실레반 책사님의 계책을 반드시 성공해 보이겠습니다."

"기대하겠습니다."

"하하!"

실레반의 말에 그리퍼는 웃음을 지었다. 하지만 그것은 이전과 다르게 자신감이 묻어나오는 형태였다.

카본 대공이 저택을 떠나면서 로즈의 훈련은 본격적인 탄력을 받게 되었다.

그녀는 매일 연무장에 출입을 하면서 블러디 로즈의 마나 연공법과 검술에 매진했다.

공언했던 것처럼 블러디 로즈의 힘은 굉장히 가능성을 품고 있었다. 뛰어난 위력은 둘째치더라도 점점 골격의 형태가 이상적인 형태로 바뀌어갔고, 하루가 다르게 내부에 차곡차곡 쌓이는 마나의 양도 충실했다.

[후후, 잘 따라오고 있어요. 이제 얼마 지나지 않으면 첫 번째 계기가 찾아올 거예요. 그 경지에 오르면 제 말이 틀리지 않은 걸 알게 될 거랍니다.]

"여기까지 와서 믿지 않는다는 말을 하고 싶지는 않아. 믿고 따를 테니 내가 엇나가지 않게 잘 지도해 줘."

[물론이랍니다. 내 진전을 이어받은 이를 잘못되게 두는 어리석은 스승은 없다고요?]

"그거 다행이네."

수련은 힘들고 고되었지만 이렇게 말을 주고받으면서 하면 한결 고통이 덜어지고는 했다. 율리아 또한 그 사실을 잘 알고 있기에 로즈가 말을 걸어오면 피하지 않고 받아주었다.

수련은 먼 길을 향해 걸음을 옮기는 것과 같았다. 한 걸음씩 차근차근 쌓아나가다 보면 어느 순간 목적지에 도달할 수 있게 된다. 그것은 블러디 로즈의 검술도 마찬가지였다. 내부에 조금씩 채워지는 마나의 존재는 그녀로 하여금 형용할 수 없는 충실감을 불어넣어 주었다.

그리고 그 힘이 가득 차서 범람하기 시작할 때, 걷잡을 수 없는 쾌감이 전신을 지배해 나갔다.

"아!"

한 번 차고 넘친 마나 홀은 조금씩 확장에 확장을 거듭했다. 더 많은 양을 담아내고자 그릇의 크기를 키워 나가고 더 많은 힘을 외부에서 끌어당긴다. 로즈는 다른 움직임을 보일 생각조차 못한 채 몸 내부에서 진행되는 변화에 고스란히 맡겨두었다.

우득 우드득.

붉은 마나에 휩싸인 그녀의 전신에서 뼈가 부러지는 소리가 들려왔다. 하지만 황홀경에 빠진 그녀는 아무런 움직임도 보이지 않았다. 지금 들리는 소리 또한 뼈가 부러지는 고통보다는 오히려 그동안 속박해 오던 힘을 개방하는 강렬한 쾌감으로 전해지고 있었다.

그것은 어떠한 남자도 무너뜨릴 수 있는 절대적인 아름다움을 갖추는 과정이었다.

그 예로 뼈가 부러지는 소리가 들리면서 그녀의 모습이 조금씩 바뀌어갔다.

무엇이라 바로 꼬집기 힘들었다. 하지만 전보다 더 아름다워지고, 더 잘빠진 몸매가 되었다. 그리고 은은하게 감돌고 있는 기운은 어떠한 남자도 매료시킬 수 있는 치명적인 아름다움을 동반했다.

마치 아름다운 장미에 가시가 있는 것처럼, 기이한 위화감이 그녀를 위험하게 보이게 만들었지만 오히려 남자의 애간장을 태우는 효과가 있었다.

일차 탈피.

누가 이름을 지은 것도 아니지만 여태까지 블러디 로즈의 힘을 익힌 여인들은 하나같이 이렇게 일컬었다.

이것은 단지 시작일 뿐이다.

앞으로 마나 연공법을 익히면 더 많은 힘이 범람하게 될 것이고, 그때마다 이상적인 아름다움을 갖추기 위해 탈피를 하게 될 것이다.

[자, 이제 시간이 왔어요. 당신이 가장 아름다워질 수 있는 시간이.]

"아아."

가늘게 몸을 떨면서 감격에 빠진 로즈는 자리에서 몸을 일으켰다.

물웅덩이가 있는 곳으로 다가가 자신의 모습을 찬찬히 살폈다.

어떠한 남자라도 빠져들게 만들 치명적인 아름다움이 얼굴에 깃들었다.

무엇이 바뀌고 달라졌는지 알 수 없는 미세한 변화였지만 한 가지 사실만큼은 분명하게 깨닫게 되었다.

블러디 로즈는 자신에게 거짓을 말하지 않았음을.

이 정도의 힘과 성취를 쌓아나갈 수 있다면 그녀가 말한 모든 것을 손에 넣을 수 있게 될 것이다.

"율리아."

[이제 좀 믿어지시나요?]

"왜 내게 이런 기회를 준 거야?"

기뻤다. 기뻤지만 그 마음을 감추고 율리아에게 그 이유를 물었다. 왜 실연에 빠진 자신에게 이런 기회를 주는 것인지, 그리고 왜 곁에서 도와주는 것인지 듣고 싶었다.

[저는 실의에 빠진 모든 여인의 든든한 우군이자 동료. 제 목소리가 닿은 당신은 선택받은 여인이랍니다. 제 목소리를 듣고 유지를 잇고 세상의 남자를 굴복시키세요. 그럼 저는 만족한답니다.]

"만약 내가 따르지 못하겠다면?"

로즈의 목적은 처음부터 단 하나였다.

자신을 매정하게 차버린 로운 후작에게 찾아가는 것. 그리고 그에게 아름다움을 증명하고 인정받아 부인이 되고 싶었다.

[물론 아무런 제재도 없답니다. 다만 아쉬울 것 같기는 하네요.]

"미안, 난 세상의 남자를 굴복시키는 것보다 한 남자의 여인이 되고 싶어."

[모든 것은 당신의 뜻, 저는 가로막지 않을 테니 마음껏 뜻을 펼쳐 보세요.]

"고마워, 정말… 고마워."

눈앞에 드러난 성과는 그녀로 하여금 블러디 로즈를 완전히 신뢰하게 만들었다.

하지만 그녀는 뒤에 이어진 중얼거림을 듣지 못했다.

[과연 그게 쉽게 가능할지는 저도 모르는 부분이지만, 후훗! 기대하지요.]

"……."

곳곳에 들려오는 절망적인 소식은 헤셀 백작에게 눈을 감게 만들었다.

강력한 힘을 지닌 세 가문은 작정하고 헤셀 백작가를 멸망시키기 위해 달려들었다.

노이안 지방을 차지한 로운 후작가가 점령지를 안정시키고 있다면 레디븐 백작가와 윈스터 후작가는 전력을 총동원하여 진군에 진군을 거듭하고 있었다.

주요 거점만 남겨두고 모든 전력을 끌어모아 상황의 반전을 노렸지만 그 의도는 이미 오래전에 읽혀 사전에 차단되었다.

이십만이 넘는 군을 모으는 데 성공했지만 영토 수복의 전진기지가 되어야 할 주요 거점들은 하나둘씩 적의 손에 떨어지고 있었다.

이대로 전쟁이 지속되면 자신은 아무것도 하지 못한 채 몰락하는 것이다.

'방법은 없는 것인가.'

생각에 생각을 거듭했지만 대책은 없었다. 적의 군세는 양
측 합쳐 삼십오만을 헤아렸고, 황도에서는 추가적으로 십만
의 군을 파견할 것이라 전해지고 있었다.

눈앞의 군대도 감당하기 버거운 상황에서 추가적으로 이
어지는 지원을 막는 것은 불가능에 가까웠다.

"가신들도 믿을 수 없다."

무자비한 공포 정책으로 가신들을 붙들어놓았지만 이성을
더 큰 공포가 닥쳐오게 되면 배신을 할 가능성이 높았다. 그
러다 보니 이십만의 군을 이끄는 사령관을 모두 친족으로 앉
혀놓은 헤셀 백작은 방법을 찾기 위해 고민에 고민을 거듭했
다.

"힘을 원하는가?"

"누구냐?"

스르룽.

순간 머릿속에 암살자의 존재가 스쳐 지나간 헤셀 백작이
검을 뽑으며 소리를 높였다. 거처를 지키고 있는 기사를 불러
들이기 위함이다.

하지만 그 어디에도 침입자의 모습은 드러나지 않았다. 그
리고 거처를 지키는 기사들 또한 방안으로 들어오지 않고 있

었다.

"안심하도록, 잠시 호기심이 돌아 찾아온 것이니까. 인간은 죽이지 않았다."

스스슷!

뒤쪽에서 들려오는 목소리에 흠칫 놀란 헤셀 백작이 몸을 돌리니, 그곳에는 검은 갑주를 차려 입은 한 인영이 자리에 서 있었다.

'남자? 여자?'

성별을 분간하기 힘든 아름다운 얼굴에 전신이 갑옷으로 둘러싸여 있었다. 그가 누구인지 헤셀 백작은 쉽게 추측할 수 없었다.

"나는 너희가 마왕이라 부르는 존재, 일상처럼 이어지는 지루한 전쟁에 염증을 느끼고 중간계에 강림한 지고한 존재라고 보면 된다."

"…마왕?"

"그렇게 보이지 않나?"

"큽!"

살짝 개방된 존재감에서 절로 굽혀지려는 무릎에 헤셀 백작은 이를 꽉 물고 버티고 섰다.

두 눈을 부릅뜬 채 버텨내는 모습은 자존심 하나로 살아온 그의 삶을 대변하고 있었다.

"인간이 대단한 자존심을 지니고 있군. 능력 없는 자존심은 꼴사납지만 그것이 절박함이 되어 힘을 일으킨다면 더 치열함을 만들어낼 수 있겠지."

"무슨 뜻이지?"

"굳이 알려고 들 필요는 없다, 인간. 나는 네게 유익한 제안을 하려고 왔으니까."

그의 행동은 너무나 자연스러워 헤셀 백작은 어떠한 말도 할 수 없었다.

"지금 상황은 네게 불리하더군. 곧 누리고 있던 모든 것을 잃게 될 정도로 급박한 상황인데, 힘을 얻고 싶지 않나?"

"내 영혼을 원하는 건가?"

"너무 책을 많이 본 것 아닌가? 마왕은 인간의 영혼 따위에 관심이 없어. 오히려 지금의 상황이 내 흥미를 자극할 뿐이지."

"……."

헤셀 백작은 갑자기 마왕이라 칭한 그를 빤히 바라보았다. 의심할 것투성이였지만 이상하게도 그의 말을 듣고 있으면 자연스럽게 믿음이 갔다.

'내가 미친 건가?'

처음 본 존재에게 믿음을 느끼다니. 평생 의심과 불신으로 살아온 인생에 있어 있을 수 없는 일이었다.

"필요 없나?"

"아니, 필요하지. 너무 필요해서 문제지만."

"그럴 테지. 내가 보기에도 급해 보이니까. 어때, 도움을 줄까?"

"어떻게 도움을 줄 수 있지?"

"이곳에 있는 병사들로 침입자를 모두 죽일 수 있게 강화시켜 줄게."

달콤한 제안. 그것은 귓가로 스며들어 정신을 갉아먹는 치명적인 것이었다.

하지만 물불 가릴 처지가 아니었던 헤셀 백작은 정신이 퍼뜩 깨는 것을 느끼며 물었다.

"그게 가능하단 말인가?"

"불가능해 보여?"

"솔직한 마음으로는 그렇군."

"의심하는 모습도 보기 좋아. 그렇게 쉽게 믿는다면 재미가 없겠지. 내가 인심을 써서 본보기를 보여주도록 할게. 그걸 바탕으로 적을 물리치면 돼. 그 후에 그들을 멸망시킬 수 있는 힘을 안겨주지. 받아들이겠어?"

"…날 궁지로 몰아넣은 놈들을 모두 죽일 수 있다면 설사 영혼을 원하더라도 계약하겠다."

두 눈이 붉어진 헤셀 백작의 음성에는 짙은 원한이 뚝뚝 묻어나오고 있었다.

"책을 너무 많이 봤다니까, 너의 염원을 이뤄주도록 할게."

"그대의 이름은?"

"흐음, 알 필요가 있나? 하긴, 이제 내 도움을 받아야 하니 알아둬야 할 필요는 있겠지. 내 이름은 슈크라인. 마계의 북부 평원 패자를 다투는 마왕이야. 기억해 둬, 나의 권능은 네게 불패의 군대를 안겨줄 테니까."

"불패의 군대, 믿음직하군."

"믿어도 좋아, 난 거짓을 말하지 않으니까."

둘은 서로 바라보며 미소를 지었다. 그리고 동시에 같은 것을 느꼈다. 자신들은 닮았다는 것을.

하지만 그 기질은 서로가 서로를 이용하는 것에 불과하다는 걸 잘 알고 있었다. 슈크라인은 일개 인간이 자신을 이용하려는 사실을 알고 있었지만 개의치 않았다.

그는 오래전부터 헤셀 백작을 지켜봤다. 그리고 손을 내밀 수 있었음에도 의도적으로 시간을 끌었다.

궁지에 몰리고 마침내 벼랑 끝에 내몰렸을 무렵, 협력을 끌어냈다.

그것은 더 극적인 효과를 만들어내고 더 큰 신뢰를 부여하게 된다. 슈크라인에게 있어 헤셀 백작은 원하는 걸 얻기 위한 도구에 지나지 않았다.

"자, 이제 세상을 뒤흔들 키(Key)를 찾아볼까."

자신의 취미를 즐기며 지금은 좀 더 중요한 것을 알아낼 생각이었다.

『레드 크로니클』 10권에 계속…

용병귀환

유왕 판타지 장편 소설

**수십 년 전, 용병왕의 등장으로 생겨난
왕국과 용병의 세계.
평소엔 한없이 가볍지만 화나면 누구보다 무서운,
놀고먹고 싶은 그가 돌아왔다!**

하지만 바람과는 달리 과거 그의 앙숙과 대륙의 판도는
도저히 그를 놓아주질 않는데……

"용병은 그냥, 돈 받고 칼을 빌려주는 놈들이니까."

그의 용병 철학은 단순했다.

"물론, 누구에게 빌려주느냐가 문제겠지?"

**수십 년 전, 용병왕의 등장으로 생겨난
왕국과 용병의 세계.
평소엔 한없이 가볍지만 화나면 누구보다 무서운,
놀고먹고 싶은 그가 돌아왔다!**

하지만 바람과는 달리 과거 그의 앙숙과 대륙의 판도는
도저히 그를 놓아주질 않는데……

"용병은 그냥, 돈 받고 칼을 빌려주는 놈들이니까."

그의 용병 철학은 단순했다.

"물론, 누구에게 빌려주느냐가 문제겠지?"

Book Publishing CHUNGEORAM

유행이 아닌 자유추구-
WWW.chungeoram.com